JN107511

こんにちは、ディケンズ先生4

船場弘章

SENBA HIROAKI

幻冬舎MC

こんにちは、ディケンズ先生4

第5章

1

小川弘士様

　ロンドンの夏は毎年日本のそれに比べると過ごしやすいのですが、今年も日本ではきっと毎日のように真夏日が続き、おつき合いするのに骨が折れるものとなっていることでしょう。ベンジャミンが五月に初めて小川さんや大川さんにお会いしてもうすぐ三ヶ月になりますが、彼は持ち前の明るさでみなさんにうまく溶け込んでいることと思います。

　最近受け取ったベンジャミンからの手紙には、小川さん、秋子さん、大川さん、アユミさんと共にアンサンブルのメンバーの指導をしていて、楽しくやっていると書かれてありました。最初、ベンジャミンは東京の観光地の案内を期待していたようですが、もともと彼は名古屋にある音大の教授ですので、ボランティアで友人と一緒に音大のOGを指導するというのは彼に最も充実した時間を過ごさせるということになったのだと思います。人前で演奏ができるようになるのには二年はかかると言われていましたがメンバーの方々の実力もついてきたので、ベンジャミンとの親睦会が終了するまでには、つまり来年の春までには公の場での演奏も可能になることでしょうと書かれてありました。

　もともとベンジャミンには、わたしの友人に熱狂的なディケンズファンがいて、余りに熱狂的なので、文豪ディケンズが夢に出て来て自分の著作について語ったり、人生相談に乗ったりするようになったと話したところ、彼は目を丸くして、「私もディケンズ先生のご神託を授かりたい」と言ったのが、彼が小川さんのことを知ったきっかけです。わたしの前でふたりが会われる前に何度か新幹線の車内でお会いしたことがあると言われていましたが、それはもしかしたらディケンズ先生のお力がおふたりを結びつけたのかもしれません。きっと今はメンバーの指導に一所懸命で、ベンジャミンは小川さんと話す機会が少ないでしょう。でも彼がディケンズについて語りだしたら、彼の話を彼の気が済むまで聞いていただくようによろしくお願いします。今はベンジャミンや大川さんたちとアンサンブルの指導でお忙しく、小川さんは小説を書くことは難しいかと思います。わたしが手紙を書く時に小説に関する四方山話（小説愛好家の小説論と言っていただけるといいのですが）と自作小説を添付しますので、お楽しみいただければ幸いです。

十二月には深美ちゃんがロンドンでコンサートをすると聞いています。いわば今までの成果が問われるわけですが、きっと冷静に難局を乗り越えられることでしょう。いや深美ちゃんは心からベートーヴェンやモーツァルトを愛しているので、むしろ演奏を楽しんで聴衆を感動させることでしょう。もちろんわたしも末席で演奏を聴かせていただきますので、どのような演奏だったかを報告させていただきます。

今回の海外赴任は一年で済みそうなので、来春にはベンジャミンと入れ代わって皆さんの前に現れる予定です。もちろんその後も不定期にベンジャミンはみなさんのところへやってきますのでご安心を。では暑い日が続きますが、どうぞご自愛ください。

相川隆司

今回は、主役を食う脇役ないしは悪役についてお話をしたいと思います。ディケンズの小説でいえば、『ピクウィック・クラブ』のサム・ウェラーや『デイヴィッド・コパフィールド』のウィルキンソン・ミコーバーやユライヤ・ヒープのように主役以上に目立つ存在で物語の意外な展開を可能にさせたり読者の怒りの対象となったりして物語に深みを持たせたり、読者の感情をおおいに刺激したりする人物がいます。これらの印象深い人物を小説中で縦横無尽に走らせれば小説を面白くすることは間違いありませんが、存在感のある登場人物を最初から創造することはなかなか困難を極めます。またあまりにたくさん興味深い人物が出て来るとストーリー展開自体が遅くなりますし、やはりストーリーと登場人物の両輪が安定して走行する小説が理想的な小説と言えるのかもしれません。

それでは、いつものように私の自作小説をご覧下さい。

『翌朝、石山はいつもの通り、五百メートルダッシュを終えて自分の家へと帰る途中、「魔笛」の中で歌われる夜の女王のアリア「復讐の心は地獄のように胸に燃え」を三回歌おうとしたが、課長に呼び止められた。いつものように早朝にもかかわらず、河川敷にやってきた石山のファンもたくさんいた。「石山君少ししゃべらせてくれ。聴衆の皆さん、おはようございます」「おはようございます」「今日、こうして私がふたたび皆様の前に現れたのは、昨日のおわびのためです。私は石山君のようにある時はテノールの甘い声を出したかと思えば、昨日のように裏声でコロラトゥーラの声を出したりはできません。ですが、腹芸では誰にも負けません」そう言って、課長は、あっという間に上半身裸になって腹部をくねらせ始めた。とても現実の出来事と思えず、石山はしばらく茫然自失状態だったが、すぐに気を取り直して、夜の女王のアリアをいつものように歌い始めた。それを聞いた課長はそれまでの倍の速さで身をくねらせたが、限界を感じてすぐにやめた。「石山君、わたしの負けだ。明日からは元の生活に戻ってもいいよ」「それじゃあ、長らく会えないでいた、俊子さんに手紙でも出そうかな」』

2

小川は金曜日に届いた相川からの手紙をじっくり読み直し返事を書くために、日曜日の午後、名曲喫茶ヴィオロンに来ていた。小川はマスターが注文を取りにくると、コーヒーを注文し、レスピーギの「リュートのための古風な舞曲とアリア」をリクエストした。〈他にお客さんがいない時、マスターはすぐにリクエストを掛けてくれる。有難いことだ。でも、ほんとにこの曲はいいなあ。ノスタルジックな気分にさせてくれるから。それに……、それに催眠効果も群を抜いている。あー、眠くなってきた〉

小川が眠りにつくと、ディケンズ先生が夢の中に現れた。ピクウィック氏も一緒だった。

「やあ、小川君、久しぶりだね」

「先生、それにピクウィック氏も。お元気そうでなによりです」

「そうなんだ、わたしの生誕二百年を祝うためにいろいろ準備してくれていると聞くと、それだけで感謝の気持ちで一杯になって、元気が出てくるんだ。ところで小川君も何かしてくれると言っていたと思うが……。なんだったかな」

「えー、なんでしたっけ」

「確か小説を書くと言ってなかったかな、ピクウィック」

「先生、小川さんの得意技、自分に好都合な状況判断に気をつけてください」

「ほう、それはどういうことかな」

「小川さんは、きっとこう言いますよ。『ベンジャミンさんのお相手をしなければならないので、超忙しい。それに秋子さんと一緒にアンサンブルが成長していくのを見守らないと……。だから小説を書くのはこれが終わってからにしよう』と」

「それは、少しおかしいな。だって、ベンジャミンは誰とでもうまくやっていくから、わざわざ横についている必要もないだろうし、アンサンブルだって秋子さんがいるから何も小川君が腕を組んで見ている必要が果たしてあるのかな」

「ううっ、仰るとおりですが、それではどうしろと」

「先生、わたしがお答えしますね。小川さんはアユミさんから過激な叱咤激励を受ける前にさっさと小説の続きを相川さんに送って添削してもらうことです」

「………」

小川は夢から覚めると近くのランプの形をした照明器具を見つめたが、目が潤んでいるためかぼやけて見えた。ハンカチを当ててから横を見ると大川とアユミがいてぎょっとしたが、ふたりとも目を閉じて曲に聴き入っていたので、アユミからの攻撃を回避するために相川への返事に加えて、小説の続きを考えることにした。

相川隆司様

お手紙ありがとうございました。相川さんが言われるように、今年の日本の夏は暑いですが、それよりもベンジャミンさんを筆頭にして、大川さん、アユミさん、秋子がそれ以上に熱く期待に胸をふくらませてアンサンブルの指導に励んでいます。

ベンジャミンさんとふたりでディケンズ先生のことを話す機会はありませんが、来春に一所懸命練習した成果を発表して、その後に時間ができればふたりだけでじっくりディケンズ先生の話をしたいと思っています。それまではベンジャミンさんは自由にアンサンブルのメンバーの指導をされますし、今までと変わらない週末ですので、相川さんに見てもらえるのなら小説の続きを送ろうと考えています……

これで申し開きができると思ってアユミを見ると、視線がかち合った。どうやらブランデー入りのコーヒーを飲んでいるようだった。アユミは、小川を挑発しようとして立ちあがった。しばらく大川夫婦はテーブルを挟んで組み合っていたが、夫の制止を振り切ってアユミは小川の席にやって来た。

3

アユミは小川の席に勢いよく突進したが、小川が手紙を見せると少し冷静になった。すぐ後ろには心配そうな顔をしたアユミの夫がいた。

「あんた、いいところにいた。ちょっと聞くけど、小説は書いてるんだろうね。こんなところでのんびりしているひまなんかないはずだよ」

「やあ、アユミさん。それに大川さんも。本当にここは天国ですね。涼しいし、音楽は心地よいし……」

「答え次第で、天国でも地獄でも行かせてあげるわ。さあ、さっさと言ったら、最近は小説を書いていないと」

「まあまあ、地獄は家に帰ったら、ぼくが行くから、ここは穏便に話し合いをすることにしましょう。ところで小川さん、その手紙には何が書いてあるんですか」

小川が大川に手紙を渡すと大川はそれを読み、アユミにそれを渡した。

「なるほど、『それまではベンジャミンさんは自由にアンサンブルのメンバーの指導をされますし、今までと変わらない週末ですので、相川さんに見てもらえるのなら小説の続きを送ろうと考えています……』と書かれている。これは小説をすぐにでも書いて、相川さんに添削してもらう意思が見られる」

「あなた、何を言ってるの。手紙は相手に届かない段階ではただの紙くずよ」

「何を言っているんだ。発生主義という考え方があって、その意思を持った時点で有効になるという考え方があるんだ。アユミの考えは到達主義と言って、相手方にその意思が到達しないと有効にならないという考え方だが、どちらも、ぐぇっ」

「わたし、理屈っぽいのはきらいなの。さあ、今度はあなたが自分の意思を明らかにする番だわ」

小川は、目を潤ませて発言を促す大川とアユミの間に入り、アユミに向かって話しかけた。

「て、手紙に書いてあるとおりですよ。その意思があるということを信じてほしいな」

「ほら、ああいう風に小川さんも言っていることだし、今日のところはもうここをお暇しようじゃないか」

「そうね。でも、次はこんなこと通用しない」

そう言って、アユミは次の予告をするかのように夫にアトミック・ドロップをかけたが、苦悶の表情を浮かべていた夫が立ち上がると支払いを済ませて店を出て行った。

小川はしばらくの間、平静に戻れなかったが、落ち着くと手紙の続きを書き始めた。

深美のコンサートに出席できないことは気がかりなのですが、相川さんがそばにいていただけることを確認でき、ほっとしています。仕事の都合でどうしてもそばにいて励ましてやれないのが歯痒いのですが、その分帰国してコンサートを開く時には精一杯できることをしてやろうと考えています。相川さんにはお世話になり通しですが、今後とも深美のことをよろしくお願いします。

小説を同封しますので、ご指導下さい。添削は急ぎません。来週もベンジャミンさんが来られるので、わが家が賑やかになります。桃香はベンジャミンさんと仲良しでお互いを友さんと読んでいます。これは、ディケンズの最後の完成した小説『互いの友（我らが共通の友）』に関係があるのですが、これは桃香もディケンズファンになりつつあるからと考えていただいてもいいと思います。それではお身体に気をつけて、お仕事頑張ってください。

小川弘士

小川は手紙を書き上げて小説を書き始めようとしたが、小川以外に誰もおらず小川のリクエスト曲も終わりに近づいていたので、もう一度マスターに声を掛けることにした。

4

小川はマスターのところに行き、とりあえずコーヒーを注文した。

〈メンデルスゾーンのスコットランド交響曲やヴァイオリン協奏曲は創作意欲を喚起する気がする。ベートーヴェンの曲の多くは心が熱くなって彼の曲にのめり込んでしまうので小説を書くどころでなくなる。モーツァルトの曲は明るい気持ちになってよい文章が書ける気がするが、感情の起伏があまりないので、それが文章に反映される気がする。メンデルスゾーンや他のロマン派の作曲家、シューマン、シューベルト、ショパン、ブラームスの音楽を中心に聴いて、ベートーヴェンとモーツァルトの音楽を必要に応じて聴く。これを繰り返してクラシック音楽を聴いていくと、無限に創作意欲が泉のごとく湧き出てきて、然程の苦労もなしに面白い小説が出来上がる気もするが、それは無い物ねだりというものだ。というのもほとんどの創作する時間は自宅の書斎にあるささやかな装置で百枚ほどのレコードを聴くことになるのだから。ここでの時間を有効に使うためには、最初の部分を書いてついでに簡単な筋も書いておくのがいいだろう〉

小川は席を立って、もう一度マスターのところに行き、ブラームスの交響曲第一番をリクエストした。

〈この曲は、ぼくがクラシック音楽を生涯通じて聴く切っ掛けとなった曲だ。混沌とした不安におののく状態で始まった曲が、第二楽章で夜明けを迎え、第三楽章でたくさんの仲間と出会い、終楽章で充実した人生を開花させ胸はって堂々と歩いて行く。この曲を初めて聴いた時は高校を出てすぐの頃で将来の進路が見えずどうしようかと悩んでいたのだが、この曲のおかげですぐに結果を求めるのではなく、日々の業績が積み重なって、やがて開花するのだと思えるようになった。性急に結果を求めなくなったんだ。でも周りからおっとりしすぎと言われないでもないのだが……。さあ、始まった。小説の続きを書くことにしようか〉

『以前から、一度じっくり話したいと思っていたんだ。隣に住む大学生のことだけど。ぼくが子供の頃はよく話を聞いてくれたが、今は忙しそうなので無理かな。浪人してようやく入学できましたと、お母さんに言っていた。あれから二年になるから、今は三回生なんだ。お母さんに、法学部の学生なのに小説ばかり読んでいて、おまけに三回生になってからはスペイン語のクラスで文法とリーダーを勉強していると言っていた。これは少しゆとりができたからなんじゃないかな。それからぼくが文学青年になってしまったのは、ディケンズによるところが大きいんですよとも言っていた。その理由を是非訊いてみたい。木造長屋の隣同士だけれど、近くここは取り壊されるという話も出ているから、早いに越したことはない。今日は思い切って声を掛けてみよう。「こんにちは、誰かいませんか」「おや、はじめくんじゃないか」「そうです。ぼくのこと覚えていてくれたんですね」「そりゃー、隣同士でしばしば顔を合わすんだから、忘れることはないさ。でもこうして訪ねて来てくれたのは、訳がありそうだね。ここで立ち話もなんだから家に入らないか。君もよく知っている通りのおんぼろ長屋だが掃除はきちんとしている。今日は両親が仕事で留守だから、夕飯を作らないといけないけれど、一時間くらいなら話を聞いてあげるよ」

正直人（まさなおと）さん（これが隣に住む大学生のファーストネームでした）。勝手口から入ると台所を通り抜けて、自分の机がある部屋へとぼくを連れていってくれた。「はじめくんのところと同じ間取りだと思うけど、六畳と四畳半の和室に両親と三人で暮らすわけだから、プライバシーなんてものはほとんどない。両親が帰って来たら、話どころではなくなるから……」「そうですね。実は、正直人さんが以前ディケンズについて話していたのを覚えているんです」「君もディケンズが好きなのかな」とつぜん隣の住人の顔つきが柔和になった気がしたので、ぼくは余すところなく話をすることができた。「この前、友達から一緒に『クリスマス・キャロル』の台本を作ろうと言われて、途方に暮れているんです。だってディケンズの本を一冊も読んだことがないし、文庫本を見るとぎっしり文字が詰まっていて近寄りがたい気がするし……」「そうか、君は最近知り合ったかわいい女の子にいいところを見せたいわけだ」「な、なんで、それがわかるの」そう言って、ぼくは思わず椅子からお尻を浮かせて、右手の人差し指の腹を頬に当てたのだった』

〈やはり大作曲家の音楽を立派な再生装置で聴くと、筆が進む。とりあえずこれを相川さんに手紙と一緒に送ることにしよう。もうすぐブラームスの交響曲第一番の終楽章が終わるから、残りのコーヒーを啜って店を出ることにしよう〉

5

小川が帰宅して夕飯の仕度をしていると、桃香がヴァイオリンのレッスンを終えて帰って来た。

「お父さん、今日はどちらにするのかしら。カレーそれともシチュー」

「カレーだよ」

「やっぱりね。でも友達のお父さんのように料理教室に通って、他の料理もできるようになってくれれば……」

「そう思うから、たまにオリジナル料理を作っているじゃないか」

「でも、あれでは、栄養のバランスが無茶苦茶で塩分の取りすぎだわ。お酒の当てにはいいかもしれないけど」

「そうかなー、餃子風味のハンバーグ、シャケとネギを炒めてのせた和風スパゲッティや焼き鳥そばなんかはお母さんも美味しいと言っていたけれど……。栄養のことや塩分のことは考えていなかったなあ」

「まあ、たまにはいいかもしれないけど……。ところで友さんが来週来るんでしょ。そろそろヴァイオリンの個人レッスンをしてほしいなあ」

「まあ、しばらくはアンサンブルの指導で忙しいだろうから、桃香に教えるのは難しいだろう。今の先生にしっかり基礎を習っておくことだ。そうして高校生か大学生になってから、彼に鍛えてもらうというのが……」

「それもそうね。わかったわ。あっ、お母さんが帰って来た」

「ただいま。いつもお世話になります。今日はカレーね」

「お母さんが言う通り、きょうはシーフードカレーにしたけれど……」

「したけれど、どうなったの」

「いやー、良いいかがなかったから、塩辛を洗って入れたんだ。いつものようだと物足りないと思ったんだ」

「あたしのは、いかを入れないでね」

「はいはい、ところで、お父さん、今日の午後はヴィオロンで相川さんへの手紙を書くと言ってたけど、居眠りして、書けなかったということはなかったかしら。深美のことでお世話になっているんだから、感謝の気持ちはきちんと伝えておかないと」

「いや、居眠りはしたけれど、起きるとアユミさんがご主人と一緒にいて、叱咤激励をしてくれたんだ。おかげで手紙はもちろん、書くつもりがなかった小説まで書き上げてしまった」

「どうせ、ご主人が割って入って難を逃れたんだろうけれど……」

「ご主人はアユミさんにアトミック・ドロップをかけられて尾てい骨に衝撃があったようだが、すぐに立ち直って、ふたり手をつないで一緒に帰って行ったよ」

「やっぱりアユミさん、お酒が入っていたのね。そうそう、そのご主人が私たちのために曲を作ってくださったのよ」

「多分、クラシックの名曲を編曲したものだろうな。でも、ご主人の多芸多才には頭が下がるよ」

「来週、ベンジャミンさんが来られるから、その時にお披露目できるようにと今日アンサンブルのメンバーとそれを練習したんだけれど、ノリの良い楽しい曲なの。楽しみにしていてね」

「元の曲は何だい」

「今回は、モーツァルトの「魔笛」から夜の女王のアリア「復讐の心は地獄のように胸に燃え」を編曲してくださったのよ。ご主人は、オペラ好きだから、これからもオペラのアリアの旋律を編曲すると言っていたわ」

「そうか、でもぼくとしては、「春の日の花と輝く」「グリーンスリーブス」「ロンドンデリーエア」のような有名な曲をアンサンブル用に編曲して紹介してほしいな」

「それじゃあ、そういう希望があるってご主人に言っておくわ」

6

小川は午後から会社の用事で神田に行った。

帰りに、風光書房を訪ねることにした。小川が、こんにちはと声を掛けると、店主が久方ぶりの顧客の来店に目を丸くして応えた。

「やあ、小川さん、お久しぶりですね。お元気そうで何よりです」

「ありがとうございます。ぼくはここに来るといろんな文学のお話が聞けるので、楽しみにしているんです」

「でも、小川さんはディケンズをはじめとする十九世紀イギリス文学に興味をお持ちで、わたしはフランス、ドイツ、ロシア文学に興味があるものだから、ご期待にそえるかどうか」

「ずっと前に話された、マラルメやヴェルレーヌの話はとてもついていけなかったのですが、意識の流れのヘルマン・ブロッホの話は興味深く、あれからすぐにこちらで購入した『ウェルギリウスの死』は読みました。ですが、まだ『夢遊の人々』は読んでいません。なにせ二段ぎっしりが七百ページも続くのですから。ツヴァイク全集を買ってしまったので、いつかは読破したいと思います。ドイツ・オーストリア文学では、シュティフターも興味があるのですが……」

「小川さんは以前わたしがシュティフターに興味があると言ったから、そう言ってくださるんでしょうね」

「確かシュティフターは、ブルックナーの音楽のようにオーストリアの自然を描写しているとか仰っていましたね」

「ええ、そんなことも話しましたね。そうだ、小川さんは、『こわれがめ』を知っていますか」

「えーっと、確かドイツの劇作家クライストの喜劇でしたね。残念ながら、まだ読んでいませんが」

「クライストは、フルトヴェングラーに多くの霊感を与えたと言われています」

「指揮者に影響を与えた劇というのがどんなものかすごく興味があります。もしここに在庫があるのなら、購入したいと思います」

「それなら、ここにその本があります。それから、今度はロシア文学になりますが」

「ぼくは学生時代にトルストイとドストエフスキーの主な作品は読んだので……」

「いいえ、あまり知られていないのですが、レスコフという作家がいてこれが物凄い描写をするんです。特に『ムツェンスク郡のマクベス夫人』というのがあって、これが……」

店主が両手で軽くグーパーしながらデモーニッシュな微笑みを見せて言ったので、小川は思わず身をのけ反らせた。

「そうですか、そんなにすごいのなら、一度読んでみたいですね」

「でも、夜中はやめといたほうがいいですよ。よろしかったら、レスコフの別の作品を読むことができる集英社の世界文学全集五三を読んでみられてはどうですか」

「そうですね、それも購入しましょう。ところで、ディケンズ先生の本はどうですか」

「小川さんは、前から『ニコラス・ニクルビー』を求めておられますが、なかなか入りませんね。どこかの公立図書館で借りられるのがよいのかもしれませんね」

「前みたいにピクウィック氏に似た方が現れて、贈り物をしてくれるといいのですが……。ぼくは遅読なので、長編小説を図書館で借りて読むというのはまず不可能ということになるんです。それに腰を落ち着けて読みたいし……」

「わかりました。ピクウィック氏に似た方が現れて『ニコラス・ニクルビー』を売りたいと言われたら、すぐに小川さんに連絡しますよ。じゃあ、いつものように本は自宅にお送りしましょう」

7

その日は日曜日だったが小川は午前中に会社の仕事があったので、午後一時に秋子が勤務する音大の校門のところで、秋子、大川、アユミ、ベンジャミンと待ち合わせた。小川が行くとみんな先に着いて、彼を待っていた。

「ごめんごめん、待たせてしまったね」

「まだ、一時になっていないですよ。それより昼食はちゃんと取られましたか」

「ええ。ところで大川さん、秋子たちのために作曲をしてくださったと聞きましたが」

「いや、なに、モーツァルトの有名な曲を編曲しただけなんで……」

「ソウナンや、アンタは編曲がデキルんや」

「ええ、ぼくは他に独り二役でオペラのアリアが歌えるのですが……」

「あなた、それは宴会芸にすぎないんだから、ここでは披露しちゃ駄目よ」

そう言ってアユミが尻を抓ると大川は尻を反らせて飛び上がったが、すぐに平静を装って言った。

「当たり前じゃないか。ヴィオロンでの演奏会ではぼくはいつも三枚目の役をやるけど、ここでは後輩たちの目が熱くぼくに注がれていることを知っている。だもんでぼくはみんなが驚くようなことしかやらないさ。でも……」

「でも……」

「トランポリンはこの前披露しなかったから、今日はやってもいいだろう」

「じゃあ、アンサンブルの練習の後でプロレス研究会の部室に行きましょう」

「それじゃあ遅いよ。伝説のトランポリンを今取ってくるから……」

「ち、ちょっと、大川さん」

「ふふふ、大川さん、張り切っているわね」

「私もオオカワのトランポリンをミタイです。オオ、ハジマリマシタね」

大川は戻ってくるとすぐにトランポリンでジャンプを始めたが、十分経っても一向に終えようとしないので、小川とベンジャミンはアユミに視線を向けた。

「そうね、そろそろ、懲らしめてやらないと……」

そう言うとアユミは大川がトランポリンに降りてまた上がるのを見るとすばやくトランポリンを脇にやり、その場所に自分が入り、大川が落ちて来るのを待った。大川は気がつくとトランポリンがあるところにアユミがいて待ち構えているので回転せずに頭から落ちて行った。小川は頭と頭がぶつかって大惨事になるかと思ったが、アユミがすばやく大川の頭を躱すと胴体を抱きかかえ、そのまま頭部を膝頭にはさんで地面に打ち付けた。

「ぐぇーっ」

「オオ　ワンダフル。デモ、オオカワはダイジョウブデスカ」

大川は頭部に擦り傷を作っていたが、ベンジャミンに微笑みかけた。

「いやー、ぼくは後輩たちの前でいいところを見せることができたので、満足しています」

「……」


秋子は楽器の準備ができると他のアンサンブルのメンバーに話しかけた。

「今日は私たちにオリジナルの曲をプレゼントしてくださった、大川さん、それから奥さんのアユミさん、ベンジャミンさんもいらしてるから、みなさん、楽しくやりましょう。では先週少し練習した、大川さんの曲から始めましょう」

最初はアンサンブルのメンバーだけで大川の曲の演奏をしていたが、途中からアユミとベンジャミンも加わり、即興的にメロディを付けた。

8

アンサンブルのメンバーと一緒にアユミとベンジャミンが演奏を始めると、大川はそこを離れて小川のところへやって来た。

「小川さん、やっぱり自分が演奏しなければ楽しくないですよね」

「まあ、そうですが、やっぱり音大を卒業された方はぼくなんかとは違うなと思いますね」

「そりゃー、彼らは音大に入る前から音楽の基礎を身につけるために日々努力を重ねてきたわけで、それに音楽的な素養もあるし。だから昔の感覚を取り戻してよい指導者がつけば、一廉の演奏家になる可能性は十分にあるのです。それに音楽家を志した人はもともと音楽が大好きなわけですから、条件が整えば寝食を忘れて練習に励むのです」

「そういえば、秋子さんも、アユミさんとベンジャミンさんから指導してもらうようになってから、他のアンサンブルのメンバーの音楽に取り組む姿勢が変わったと言っていたなあ。ところでこれだけたくさんのメンバーが一度に演奏する曲があるのですか」

「まあ、わたしが編曲した曲を別とすれば、ないと言えるでしょう。でも、ベンジャミンさんはヴィオラも演奏できるので、例えばモーツァルトの弦楽五重奏曲をやりたいと弦楽セクションの人たちが思えばメンバーは揃うわけです」

「そうなんですか。ぼくは一つの曲を時間を掛けてみんなで仕上げていくのかと思っていました」

「小川さんは多分アンサンブルをオーケストラのように考えておられるのでしょう。固定のメンバーがひとつの曲に取り組むのが基本だと。でもオーケストラも実際のところは曲に合わせて大編成の場合も小編成の場合もある。大編成の場合には自前でできないので、他のオーケストラに協力を求めたりするのです。まあ端的に言うと、音楽家は自分の好きな音楽を極めるためにはどんな曲であってもどんな編成であっても自分の楽器のパートがありさえすれば、一員となって今まで身につけた技術や技巧を精一杯に披露しようと考えるのです」

「よくわかりました。ここは大川さんたちの持ち場ですよね。だから……ぼくもこの場は大川さんたちにまかせて、来週からは自分の持ち分の小説をせっせと書くことにします」

「そうですね、相川さんもきっと小川さんから小説の原稿が届くのを首を長くして待っておられると思いますよ。それからベンジャミンさんには、時間ができたらゆっくりディケンズについて語り合いましょうと小川さんが言われていたと伝えておきます。彼のことは秋子さんやぼくたちに任せてください。ぐえっ」

アユミは大川の鳩尾にパンチを入れた。

「あなた、それでベンジャミンさんが納得すると思っているの」

アユミはそう言って大川のお尻をチャンネルを回すようにして抓った。

「だって、おまえ、うーーーーっ、お、お尻を抓るのはや、やめてくれ……」

大川がアユミの波状攻撃に耐えかねて、ベンジャミンさーんと叫ぶと、ベンジャミンが秋子と一緒にやって来た。

「あら、三人で何を話していたの」

「秋子さん、あなたはどう思われますか。ご主人はここにいたほうが……。うーーーーっ」

「あなた、秋子は小川さんが一緒にいてほしいに決まっているじゃないの。訊くなら、ベンジャミンさんの方よ」

「オウ、私ヨクワカリマセンが、オガワがいたほうが楽しいにキマッテイマス。デモ、ホカにダイジなヨウジがアルノナラ、シカタがナイデスね」

「そういうことだから、小川さんは安心して執筆に専念されればいいわよ」

「…………」

9

小川が大川やアユミに、これからはせっせと小説を書くと誓った翌朝、小川は少し早くいつもの喫茶店に来た。

〈ここだと少し早く起きさえすれば、三十分くらいは小説が書ける。さあ、始めるか。おや〉

小川が何気なく入口に目をやると、スキンヘッドのタクシー運転手が仲間を連れて店に入って来た。

「きみたち、今日はディケンズの小説の中でも一番面白いと言われとる、『デイヴィッド・コパフィールド』について講義したるから、よう聞きや」

「わしら、すぐお客さん乗せなあかんから、手短に頼むで」

「そら、わしも同じや。ところでこの本を見てちょうだい」

「うーんと『憑かれた男』と書いてあるね」

「そうこれは、ディケンズのクリスマスもののなかのひとつで『デイヴィッド・コパフィールド』が書かれる直前に出版された中編小説なんや」

「クリスマスものやったら、きっと楽しい小説やろね。それに一八四八年ちゅーたら、ディケンズは三十六才くらいやから、絶好調の時やったんちゃうの」

「そう思うやろ、ところがそーと違うんや。『ドンビー父子』を出版した後で、苦悩の時代だったと言われとるんや」

「文豪と言われ、後世に名を残した偉人でも苦悩の時期はあったんやな」

「いーや、むしろディケンズという人は多くの苦悩を抱えていたんやけども、それでも自分の心を奮い立たせて頑張ったんやで」

「で、その後はどうなったん」

「この本の解説の中で、この『憑かれた男』を出版することで、高まった苦悩を解消する一助になったというようなことが書かれとるから、そうなんやろ」

「あんたまだその本全部読んでへんのかいな」

「なんやとー、文句あるのん。そういうわけで、この本を書くことで、ディケンズは心の闇から解放されたわけやけど……。残念やなー、『デイヴィッド・コパフィールド』の中身までよう行かんかった。今日はここまでや」

「どこが『デイヴィッド・コパフィールド』の講義やねんと突っ込みたいところやけど、そのディケンズさんのええ話聞いたから許したるわ。誰もが苦悩を持っとる。窮地で奮い立つかどうかが人生を決めるんやちゅー話を」

「あんたもそう思うやろ。ほな、おしごと、おしごと」

三人のタクシー運転手が店から退出すると小川は徐に原稿用紙を取り出した。

〈スキンヘッドのタクシー運転手が言うように、逆境に陥った時に自分を奮い立たせて立ち直り、さらに上を目指すことが人生行路を実りあるものにするために必要なことだが、小説を書くことや音楽の芸術性を高めるためには素養がなければ無理なような気もしてきた。相川さんが何の苦労もなく楽しい小説をすらすら書くことや秋子や娘二人がぼくと違ってなんの苦もなく演奏技術を向上させていくのを見ていると素質のないものは何もしない方がいいのかなと思ってしまう。いやいやきっと知らないところで努力はしているのだろうが……〉

小川は出勤前だというのに居眠りを始めた。しばらくすると夢の中にディケンズ先生が現れた。

「小川君、創作活動のことで悩んでいるようだね」

「そうなんです。中学生の頃、縦笛が同級生のようにうまく吹けなくて苦悩したりした時のことや高校生の時にどうしても数学ができなくて頭を抱えていた時のことを思い出しました」

「で、それからどうなったのかな」

「縦笛は高校受験の内申書で音楽の評価が低いと合格が難しくなると思い、下手ながらも地道にやることにしました。数学はやはりどうにもならないので、まじめに出席をしてなんとかすれすれで卒業できました」

「今、振り返って見てその時のことをどのように思う」

「そうだなー、縦笛も数学もとても合格点をもらえるようなレベルに達していなかったのに、遮二無二頑張っていると気がついたらいつの間にかどうにかこうにかそれをやり過ごしていた……」

「そうだ、その通りだ。わしも三十代半ばの頃そうだったし、その頃があったからこそ円熟期にいい作品がたくさん残せたと思っているよ。窮地に奮い立つ。要は諦めないで、立ち向かって行くということが大切なんだ」

10

今書き終えたばかりの原稿をテーブルの上に置いて、小川は呟いた。

「やっと一回分の原稿を書き上げたが、二週間かかってしまった。でも慣れればもう少し早くなるだろう。まだ時間があるから、もう一度読み直してから出社することにしよう。そして明日、手紙と一緒に相川さんに送ることにしよう」

そう言って小川は原稿を両手で持つと、黙読し始めた。

『「ははは、どうしてぼくにはじめくんが思っていることがわかったのかと思っているんだろ、違うかな」「そうです」

ぼくが真剣な表情で返事をすると、正直人さんはすぐに説明してくれた。「もしこれが同性の友人だったら、お互いの意見を出し合ってどうするのが一番いいのか決めて行くと思うけど、異性のかわいい女の子だったらそうは思わないだろう。まずいいところを見せて、好意を持ってほしいと願うんだ。そのためには目上の人に意見を求めたりする」「なるほど」

正直人さんは名前の通り正直な人だったので、思いがけない話までぼくに聞かせてくれた。「でも、はじめくんは女の子にもてるんだね。ぼくなんかより」「いえいえ」ぼくが話を続けようとすると、正直人さんは本論に戻った。「ところで『クリスマス・キャロル』を演劇用台本にするという話だけど大きな問題点があると思うんだ」

正直人さんはしばらく自分の机の引き出しを開けて眺めていたが、これこれと言って映画のパンフレットを取り出した。「ぼくが中学生の時にこの『クリスマス・キャロル』のミュージカル映画が上映されていて見に行ったんだけど、一時間半ほどの上演時間じゃなかったかしら」正直人さんは今度は本棚のところに行って、文庫本の『クリスマス・キャロル』を持ってきた。「百ページ余りの中編小説なんだけど、これをもし朗読したとしたら、二、三時間はかかるだろう。このふたつのことから何か浮かんでくることがあるかな」正直人さんは新しくできた友人のためにとさらにヒントを与えてくれた。「きみたちがする劇というのはそれと比較すると」「ずっとみじかいです」正直人さんは、そうだろと言って話を続けた。「とすると、抜粋だけでは足りない。名場面をピックアップして間にあらすじをはさんで構成していくか、朗読の部分と劇の部分を組み合わせて芸術性の高いものにするかのどちらかだな」「げいじゅつ」正直人さんが急に輝く太陽のように見えたので、ぼくは思わず手を翳して頼りがいのある新しい友人を見た。「そう、芸術さ。どうせするなら後者を取るべきだ。だけど中学生のきみが台本を一所懸命作ったとしても、朗読をする人や劇を演じる人が思い通りに動いてくれるかどうかなんだが」「させます」正直人さんはしばらくぼくの顔を見ていたが、にっこり笑うと話を続けた。「よし、それが確認できたから、次はどのような台本を作るかだが、わずかな時間でしかも朗読と劇共に充実した台本を作るとなるとこれは……」

ぼくが深刻な顔をすると正直人さんは、どんと胸を叩いて（しばらく咳き込んでいたけれど）まかせて、手伝うよと言ってくれた。しばらく正直人さんは台所にある裸電球を睨んでいたが、「まずは、ぼくが案を作ってみるけど……。はじめくんは『クリスマス・キャロル』を読んだことがあるのかな」「ありません」正直人さんは前に続いている道のりが長く険しいことが分かり茫然自失の様子だったが、ぼくが、「なんとかなりますよ。ぼくたちが力を合わせれば」と言うと、「そうだね」と右手を差し出したので、ぼくは心を込めて両手でその手を握りしめ、よろしくお願いしますと言った』

「でも、台本の内容をどうしたものか。また女友達から頼まれたからと言って、助っ人を頼んで台本を作るというのは無理があるような気がする。それにその台本がボツにならずに文化祭で取り上げられる確率となると……。まあ、この辺りのことをどう思うか、相川さんに手紙で尋ねることにしよう。さあ、そろそろ、行くとするか」

小川は原稿用紙を鞄に入れると、支払いを済ませて喫茶店を出た。

11

小川はいつものように早朝に会社の近くの喫茶店にやって来たが、今日は小説を書く前に前日に届いた相川からの手紙を読むことにした。

〈相川さんはいつもすぐに返事をくれる。それに深美の近況まで報告してくれるのだから、

ほんとうに有難いことだ〉

小川弘士様

今年の夏は九月になっても暑い日が終わらずに続いていましたが、十月にはいるとめっきり秋めいて過ごしやすくなりました。予報では十月末頃には寒気団がやって来て一気に寒くなるということなので、冬はもう近くに来ているのかもしれません。

ロンドンでは過ごしやすい日が続いていますが、小川さんの周りではどうでしょうか。

深美ちゃんの演奏会が先日開催され、わたしも行って来ました。深美ちゃんが通っている音楽学校で開催されたもので、有望な新人のための激励も兼ねてのものでした。深美ちゃんは彼女が得意なモーツァルトの第八番のピアノ・ソナタやベートーヴェンの「テンペスト」「ワルトシュタイン」などを演奏し、会場に来られた方の拍手がいつまでも鳴り止まないほどのすばらしいものでした。深美ちゃんは学校が修了する来年までは定期的に学校内でコンサートを開催して、その後のことは今年の年末に家に帰った時にご両親と相談すると言っていました。重心を日本国内に置くか、世界に置くかどちらかになると思いますが、深美ちゃんの演奏を一度聞いたら誰もがそのすばらしさに魅了されるので、いずれは世界的に活躍されることになるでしょう。

小川さんの小説を読ませていただきました。新しい登場人物と主人公の会話。とても楽しいですね。ただ、同級生の女の子や書店で親しくなった少年もたまには登場させて、複数の糸を縒り合わせて丈夫なものにするようにして物語に安定性を持たせるのもいいかもしれません。また新しい登場人物を登場させるのも面白いかもしれません。今のところわたしからあれこれ言うことは必要なさそうですので、小川さんは遠慮せずにどんどん続きをお送り下さい。

小川さんはきっと平日は早朝から深夜まで忙しくされていることと思います。季節の変わり目ですので、体調管理には充分にお気をつけください。

相川隆司

では、いつものようにわたしの小説をお送りします。

『石山は課長の特訓から解放されて時間のゆとりができたので、久しぶりに故郷に帰って俊子に会おうと考えた。その日は仕事をはやく終えたので、長らく連絡することができなかった俊子に電話を入れた。俊子が最初に電話に出たが、俊子は、母親が用事があると言っているので代わると言った。「お母さん、どうされたのですか」「どうしたって、あんた、将来を誓い合った大切な恋人をほったらかしにしておいて、ええと思っとるん」「でも、ぼくは仕事が忙しくて……」「なに、言うとるん。電話くらい、すりゃーええじゃろーが。それであんた、恋人気取りでいようちゅーのは、ちょっと甘いんとちゃう」「お母さん、その名古屋弁か大阪弁かわからないおしゃべりはやめて」「な、何をするんや。でれーわるいおとこを懲らしめるんじゃけ。あんた、一体全体どう思っとるん」「ぼ、ぼ、ぼくはただばたばたとじゃないどたばたと俊子さんとお会いしても、楽しくないだろうと。それに電話だと顔が見られないし」「顔が見たいんなら、写真を電話のそばに貼っとけばええやんけ」「お母さん、品がないわよ」「残念ながら、俊子さんの写真は持っていないんです」「ほんじゃー、自分で描いて貼っときゃーええじゃろ」「そんなー、無茶は言わないでください。ぼくは俊子さんと会ってお話ししたいんです」「ほんなら、こうすりゃーええがな。明日家に来て、写真を撮って帰りんしゃい」「わかりました。明日は祝日ですから、夜行バスでの行き帰りになりますが、お母さんから許可を得たことですし、今から用意して午後十一時の夜行バスに乗ることにします」「俊子、この人、ええ男やないの。めちゃくちゃなところにほれたわ」「…………」「…………」』

12

小川は相川から送られて来た手紙を秋子と桃香に今日中に見せたかったので、仕事を少し早めに切り上げて帰宅した。玄関でチャイムを鳴らしても誰も出てこないので、小川は仕方なく自分で鍵を開けて家に入った。リビングに入ると秋子と桃香がいたが、ふり向こうとせずに一心にテレビを見ているので、小川は仕方なくテレビの画面に見入った。

「なんだ、ふたりとも。お帰りくらい言ったっていいだろ。…………。おおっー、こ、これは……。深美じゃないか。どうしたんだ。何かあったのか」

秋子は次のニュースが始まるのを確認して、小川の方を見て微笑んだ。

「おかえりなさい。深美がニュースに出るって今日来た手紙に書いてあったんで、今それを見ていたのよ」

「お姉ちゃん、かっこよかったね」

「そうね、先生や聴衆の方のお話も概ね好意的だったし……」

「そりゃー、こうなることは最初からわかっていたさ」

「ふふふ、お父さんは、ロンドンに行く前からずいぶん期待していたものね。でも……」

「なんだい、何か問題でもあるの」

「これからのことをどうするかということ。そのまま学校に残って活動を開始するというのがあるけれど、これだと二年に一度くらいしか家に帰って来られないでしょう」

「うーん、学業と演奏活動を両立させるとなると今以上に忙しくなるだろうな」

「日本に帰って、高校に編入させる。深美は十七才だから高校二年生なのよ。そうして今までのブランクを回復させるという選択肢もあるけれど……」

「今は日本も国際化しているから、帰国子女の一時的な受け入れもできるんじゃないか……」

「いいえ、わたしはなんとか大学を出て幅広い教養を身につけてから、世界に雄飛してほしいと思うのよ」

「そうかなー、ぼくは向こうで充分に一般教養は身につけていると思うから、敢えて日本の高校、大学で勉強しなくてもいいような気がするけど。桃香はどう思う」

「わたし、お姉ちゃんが前と同じだったら、それだけでいいわ」

「今、テレビで見た深美の様子を一言で言うと、神経質そうで壊れやすい精密機械という感じだったわ。限られた期間で結果を出さないといけないから、やりたいことができなかったと思うの。手紙は定期的に送ってくれたけれど、学校の出来事が書かれているだけで、プライベートな話題はなかったわ。お父さんに似た素敵な男性と友達になったとか……」

「まだ十七才なんだから、多くを期待するのは気の毒だよ。そうだ、ここに相川さんからの手紙があるけれど、読んでみないか」

「相川さんとは最初から意気投合しているから大丈夫だと思うけれど、問題は同年代の人や年下の子たちと仲良くできるか、年上の人を敬うことができるかということなの。ゆったりとした時間の中で助け合いながら生きていく、お互いに協力して物事を成し遂げるということが一般社会ではとっても大切なことなんだけれど、周りが高い教養の人ばかりの音楽学校で長い間過ごして、ひとりで頑張ってきた深美にそれができるかどうか」

「秋子さんの気持ちも分かるな。そういえば、今やっている、アンサンブルはメンバーがお互いに協力してひとつのことを成し遂げるものだから、そういうことがいかに大切かが身にしみてわかるんだろうな……。おや、こんな時間に誰だろう」

「アユミさんよ、今日、放送されるから、ご主人と一緒に見て、感想を聞かせてねと言っておいたの」

「……………」

13

アユミは夫と一緒に小川の家にやって来たが、少しお酒が入っているようで話をすると高級ブランデーの香りが辺りに漂った。

「ああ、まさか小川さんが帰宅していると思わなかったので、アユミの要望に応じて酒を与えたのですが……。小川さん、本当に気にしないでください」

「えっ、ええ。ぼくはこのとおり大丈夫で、ですよ」

「ねえ、ところでアユミさん、さっきのテレビを見てくださった」

「……………」

「お、おい、お前、秋子さんが、どうだったと訊いているんだから、何とか言ったらどうなんだ」

「わたし、複雑な気持ちなの。今の気持ちを一言で言えない。それでも話しておかないと」

「アユミさん、じっくり話を聞きますよ」

「ああ、あんたもいるから、ちょうどいいわ。祝杯を挙げたくて主人と乾杯したけれど、冷静に考えるといろんな問題があるので……」

「きっと、アユミさんも、わたしと同じことを考えているんじゃないかしら。深美の将来のために日本の大学で勉強するのがいいのかとか」

「秋子が言ってることも大切なことだけれど、さっきテレビで見て感じたことはそういうことではないの。秋子は深美ちゃんの演奏を聴いてどう思った」

「そうねえ、よくぞここまで演奏できるようになったなと感心したわ。余りに正確なものだから、精密機械のようだった」

「テレビはインパクトがある場面を中心にしたがるから……。でも、それだけだったら、普通のピアニストで終わってしまうんだけれど、深美ちゃんはそれだけで終わらないの」

「そ、それってどういうことなんですか、大川さん」

「え、そ、それはわたしも今から一緒に聞こうと思っているところなんですよ。ははは。アユミ、続けて続けて」

「深美ちゃんには、ヴィルトゥオーゾになる素質が十分にあるのよ。さっきの放送を見ていてそう思ったの。前から楽譜を丸暗記する記憶力と正確に演奏する技巧と音色の美しさはあったけれど、さらに自分のスタイルを確立している。わかりやすく言うと明日からでもステージに立って演奏で聴衆を酔わせることができるのよ」

「アユミさん、いくらぼくたちの子供のことを好きだといってもそこまで言われると……」

「あなた、自分の子供のことを理解していないわね。わたし、そんないいかげんな人を見ていると、天井に放り投げたくなるって前に言っていなかった」

そう言うとアユミは小川の襟首を掴もうとしたが、夫が制した。

「まあまあ、アユミ、ここは押さえて。帰ったら、ぼくがしてもらうよ。そういうわけで、ぼくたちはもうすぐ帰りますが、小川さん、ぼくからも言っておきます。深美ちゃんの場合、才能がよき教師に恵まれて開花したと言えると思います。これからどうするかが問題ですが、それは深美ちゃんが帰って来た時に家族全員でじっくりと話し合うのがいいでしょう。いつ戻られるのですか」

「一応、来月一週間の予定で……」

「必要であれば、ぼくたちも加勢しますよ。気軽に声をお掛け下さい」

「秋子、わたし、思うんだけれど、ここは良識のある大人の意見を言ってあげないといけないと思うの。だからわたしたちも一緒に話した方が……」

「そ、そうですよね。ぼくからも言うつもり……」

アユミがまるでビームを発射するように小川の顔に大きなクレーターがあくほど睨みつけ

たので、小川は黙り込んだ。

「その必要はないと思うわ。あなたは外野席で観戦していればいいと思うわ」

「……………」

14

アユミとその夫が家に帰ると、気の毒そうに秋子は小川に言った。

「アユミさんはとてもいい人なんだけれど、なぜいつも小川さんに辛く当たるのかしら」

「気にしなくていいよ。きっとアユミさんはぼくの尻を叩かないと、いいかげんにやり過ごしてしまうと思っているんだろう」

「そんなことないと思うけど」

「ここはアユミさんが言う通りに大川さんご夫婦も一緒に深美の話を聞いてもらうことにしないか。どう思う」

「深美は一週間しかいないから、お父さんと話せるのは土曜日と日曜日くらいかな。水入らずで話さなくていいの」

「仕方ないじゃないか。生憎、仕事が忙しいから、平日は深夜まで仕事をしているだろうな。土曜日の午後に大川さんご夫婦と一緒にレストランに行くことにしたら」

「そうだわ、相川さんと一緒に行ったレストランなら、ピアノが置いてあるわ。予約しておこうか」

「そうだね、それがいい」

小川が書斎に入り布団を敷いて横になると、一分も経たないうちにディケンズ先生が待つ夢の世界に入っていった。

「おや、今日は三人いるぞ。ディケンズ先生とピクウィック氏……。もうひとりの女性は誰だろう。先生、その方は誰なんですか」

「こちらはミス・ベッツィ・トロットウッドだ」

「というと、デイヴィッド・コパフィールドの大伯母さんですね。その方がなぜここにおられるのですか」

「ピクウィック、お前から小川君に話してくれ」

「わかりました。小川さん、ぼくたちは小川さんが捲し立てる女性に物怖じしないためには、そういう女性に慣れてもらうのが良いと考えたんです。で、最後まで『リトル・ドリット』に出てくるフローラ・フィンチングか、『デイヴィッド・コパフィールド』に出てくるベッツィ・トロットウッドにするか迷ったのです。フローラは捲し立てますが、強面ではありません。一方、大伯母は強面でデイヴィッドのお母さんを怯えさせたくらいですし、悪の権化のマードストン姉弟を相手にして一歩も譲らないほど口が達者なものですから、これに適任と考えたわけです。いかがです、小川さんも適任だと思うでしょう。それではミス・ベッツィ・トロットウッドに捲し立てていただき……」

「や、止めてください。以後、注意しますので、お許しください」

「ピクウィック、小川君が反省しているようだから、ベッツィさんに退席してもらうように」

「そんなことを言っても、もう依頼してあるのですから、退席してくれなんて言うとわたしが叱られてしまいます。あっ、風で帽子が……」

「小川君、ピクウィックが帽子を追いかけて退席してしまったから、あとはベッツィからのお説教を君ひとりで聞くんだ。わかったね」

「そんなー、なんとかしてくださいよ。そうだ、先生も同席してください」

「なぜ、自分で創造した小説の登場人物から説教されなきゃいけないんだ。おお、風向きが変わって、ピクウィックが戻ってきたようだ。ここはあいつに頼むことにしよう。ピクウィック、ベッツィさんの話をよく聞いてあげるんだ。わかったな」

「え」

「ところで、先生、深美が帰って来たら、どうしたらいいでしょう」

「小川君、このシチュエーションを見せているのに君はまだ気づかないのか。ピクウィックが帽子を投げて帽子が上を向くか下を向くかで……」

「あっ、思い出しました。結局、あの時は有給休暇を取って深美とじっくり話をする時間を作ったんだっけ」

「じゃあ、どうすればいいかはわかったね。ではわたしは今からわたしの小説の登場人物が別の登場人物に説教されているところを見ることにしよう。小川君、これは見物だ。一緒に見ないか」

「…………」

15

翌朝、小川は秋子に、前に深美がロンドンから帰って来た時と同じように水曜日に有給休暇を取ると話した。

「そうね、そうしていただくのがいいわ。きっと深美も喜ぶわ。だってピアノの演奏家としてこれからどうするか悩んでいる十七才の少女に、食事をしながら、頑張ってねだけでは……」

「でも、どんなことを話したらいいのかなぁ」

「深美の話を聞いて、できることをしてあげたらいいと思うわ。それと会って話して、悩みがないか確認しないと。手紙ではわからないことがたくさんあると思う。だって、手紙は書いた後でいらないところを削除できるんですもの」

「よくわかったよ。これからもいつもの喫茶店には行くけど、しばらくは小説を書くのはやめて深美とどう接するかを考えるよ」

「そうね、それはとてもいい考えだと思うわ」

いつもの喫茶店に入って席に着くと小川はノートを取り出した。

〈自分の言いたいことをここに書いておくと本番に生かせるんだ。そうだ、深美が一番親しくしていた人のことを尋ねるのもいいかもしれない。先生だと、本当に音楽の勉強ばかりしていたんだなということになるし、同年代の女の子ということだったら、結構休日は遊んでいたのかなということになるし、それが相川さんだったら……。おや、あれはいつものスキンヘッドの運転手じゃないか。いつものように同僚を連れている〉

「君たち、今日は前回話が中途で終わってしもた、『デイヴィッド・コパフィールド』について話したるでぇ」

「中途も何も、その前に書いた『憑かれた男』の話をしただけやったやんか」

「おお、そうやったな。今日は脱線せんと、しっかり話したるから」

「で、どんな話やのん」

「今日は脇役のさらに脇役について考えるというお題で話そかと思うとる。誰のことかわかるか」

「うーん、そやな。ユライヤ・ヒープの悪行を暴く時に活躍する、トマス・トラドルズなんか、どや」

「残念やなー、はずれや。トラドルズはただの脇役やな」

「わしら、そんなにゆっくりしてられへん。早いとこ、正解を言うたらどないや」

「おお、そうやな、主人公デイヴィッドの脇役が大伯母ベッツィ・トロットウッドやとしたら、ベッツィの脇役ちゅーのは、ミスター・ディックちゅーのが、わし、独自の解釈や」

「あんた、最初から自分の独断で言うとるちゅーたら、わしら、ほうでっかとしか言いようがないやろ」

「まあ、今からわしが言うことを聞いたら、なるほど、あんたの言うのはおおとると言うはずや」

「そう思うんやったら、はよ言いなさい。聞いたるから」

「ミスター・ディックはベッツィから、「どうしたらよろしいのかしら」と尋ねられて、おもろいことを言うとる。

「私なら、お風呂に入れますね」「そうですね、どうしますか──ベッドに寝かせましょうか」「すぐに新しい服の寸法をとらせてはいかがですか」と。そやけどこれは的確なアドバイスなんや。冷静な大伯母が熱くなった時にふだんはぼんやりしている人物が、しゃきっとした冷静な判断をして頑固な大伯母も納得させるんやから、大したもんや」

「なるほどなぁ、あんたはそんなところが脇役の脇役らしいところと言いたいんやな」

「そう言うこっちゃ。で、今日のわしの講義はこれで終わりや。さっ、仕事、仕事」

〈さ、ぼくもそろそろ仕事に行くとしよう。でも、スキンヘッドのタクシー運転手の言うことも何かの参考になるかもしれないから、ノートに書き留めておこう〉

16

深美がロンドンから帰ってくる日の前日、小川は久しぶりに名曲喫茶ヴィオロンを訪ねた。

〈ここで今までノートに記載してあることを読んで、深美にどんなことを言えばいいかを考えよう……。と思ったが、あそこにアユミさんがいる。おっ、今日はご主人だけでなく、ふたりの子供も一緒だ〉

「大川さん、次の土曜日にはお世話になります……。おや、あなたは裕美ちゃん、なにをしているの」

「桃香お姉さんのお父さんね。わたしは今、四分の五拍子の変則リズムを刻んでいるのよ」

「やあ、小川さん、ほんとに子供というのはひとつのことに夢中になり出したら、時間がある時にはそればかりしている。この前、デイヴ・ブルーベック・カルテットの「タイム・アウト」というアルバムを聞いていたら、裕美はその中の「テイク・ファイヴ」が気に入ったようで」

「そういえば、深美も小さい頃、自宅でピアノが弾けない時には、画用紙に書いた鍵盤で夢中になって練習していたっけ。で、大川さん、音弥君は何を」

「このピアノ曲が終わって、次の曲が始まったらわかりますよ」

「何かリクエストされたのですね」

「ぼくのリクエストではありませんけどね。ほら「田園」が始まったでしょ。そうすると、音弥が指揮を始める。音弥は今指揮をすることに夢中です。これは先月「ファンタジア」のビデオを購入したときから始まりました。ストコフスキーがトッカータとフーガニ短調のオーケストラ編曲を指揮するのを見て自分もやってみたくなったのでしょう。今のところはしゃいでいるだけですが、もう少ししたらぼくからいろいろ指導するつもりです。スクワットとかトランポリンとか」

「あなた、それは音楽とあんまり関係がないんじゃないの」

「何を言っているんだ。何事をするにも基礎体力とバランス感覚は大切だと学校で習わなかったのかい。そうだ、小川さんに言っておくことがありました。実はぼくからベンジャミンさんにこの前お会いした時に今度の土曜日に深美ちゃんの演奏を聴いていただくようにとお願いしましたから。きっとプロの立場から、いろんなアドバイスをしてくださると思いますよ」

「あとは相川さんがいてくれたら、みんな揃うんだけどな……。えっ、ま、まさか」

スピーカーのすぐ近くの席でコーヒーを飲んでいた相川が、三人のところにやって来た。

「小川さんは余計なことをするなと言うかもしれないけど、私から今度だけは私の願いを聞いてと相川さんにお願いしたのよ。だって、ロンドンで一番仲良しにしていたから、私たちより深美ちゃんのことをよく知っているし、でも相川さんには無理をお願いしてしまったかな」

「いえいえ、アユミさん、ご心配なく。実は信じられないことがロンドンでは起きているんですよ。私の職場で深美ちゃんのファン・クラブができていて、深美ちゃんのお母さんの親友から日本に帰って来て深美ちゃんを励ましてくれという依頼があったと話すと、みんなから是非そうしてあげてくれと言われたんですよ。私の場合、東京とロンドンどちらでもやらなきゃあならない仕事はあるものですから、平日は仕事をして週末に深美ちゃんと一緒に帰るようにします」

「秋子から、水曜日は両親、深美ちゃんと三人で出掛けて将来のことを語り合うつもりと聞いているけれど……。小川さん、私からお願いだけれど、ここは脇役に徹してほしいの。女同士の方が話しやすいってこともあるし、音楽のことが全然わからない小川さんが何を言っても説得力がないと思うし」

「お前、それは言いすぎだよ。小川さんも深美ちゃんに親だから頼りがいがあると思われたいだろうし」

「あなたは黙っていて、で、どうなの小川さん」

「まあ、ぼくも四十年以上生きてきたわけですし、したらいいこと、したらいけないことはわきまえているつもりです。羽目を外すことはしませんよ」

「あなた、今の小川さんの言葉聞いたわね。もし外したら、こうなるから」

そう言って、アユミは右手の親指を立てて、それから手首を半回転させて指先で地面を指した。

17

小川は月曜日と火曜日は深夜まで残業をし、朝いつもより早く仕事に出掛けたので、深美と会うことがなかった。

水曜日の朝、小川が食事を取っていると深美がやって来た。

「おはよう。せっかく、帰って来てくれたのに声も掛けずにすまなかった。でも、今日は休みだからゆっくり話を聞いてあげるよ。そうだどこかに行きたいのなら……」

「お父さん、そんなに無理しないで。私は会って少し話ができればそれでいいのよ」

「でも、これからどうするかを決めなきゃ困るだろ」

「そう、将来のことについてはいろいろ自分で考えてみたけれど、どうすればよいか今でも答えが出ないの。だから、こうしようと決めない限りは今の延長でずっと学校に通いながら、演奏活動を続けることになるでしょうね」

「まぁまぁ、おふたりとも今日は時間があるんだから、慌てないで。食事をしたら出掛けることにしましょ。今日は私がいろいろご案内するわ」

「ねえねえ、どこに連れて行ってくれるの」

「それは内緒。お父さんもどこに行くか知らないのよ。出掛ける前にひとつお願いがあるんだけれどふたりともそれが守れるかしら」

「それって、どんなこと」

「最後まで、何も言わないでお母さんについてくるということなの」

「私はいいわよ。お父さんはどうするの」

「そりゃー、ついて行くさ。地平線の果てまでも」

「オーバーね」


三人が最初にやって来たのは、秋子が勤務する音楽学校だった。秋子は自分の仕事場の上司に声を掛けるとピアノがあるスタジオにふたりを連れていった。

「お父さんとふたりだけで深美の演奏を聴きたくて、貸していただいたの。何か演奏してくれる」

「ええ、いいわよ。じゃあ、ベートーヴェンのピアノ・ソナタ第四番を弾こうかしら」

「お父さんも、その曲が大好きなんだ」

「よかった。じゃあ、さっそく弾いてみようかな」

「どうだった」

「素晴らしかった。本当に深美はモーツァルトとベートーヴェンのピアノ・ソナタの全曲を暗譜で演奏できるのね」

「そうだけれど、さらに解釈を深めるために演奏会の前には何度も弾き込むのよ。そうしないと良い演奏はできないわ。お母さんの職場の人が希望されるのなら、何か弾いてもいいわよ」

「まあ、うれしいわ。じゃあ、お願いしようかしら。ちょっと待っていてね」

「でも、ここまで凄いとは思わなかったよ。アユミさんは深美にはヴィルトゥオーゾになる素質があると言っていたし、相川さんからは深美の演奏を絶賛する手紙をもらったし」

「でも、お父さん、技巧は練習すればいくらでも上達するものだけれど、作品の解釈ということになると音楽学校で習うだけでは駄目だと思うの。今習っている先生がとてもいい先生で、演奏がうまくなるだけではいつかそれ以上は上に行けなくなると言っているの。大学で一般教養を身につけたり、読書をしたり、人生の荒波でもまれたり、大恋愛をしたりすると演奏に反映されていくって言われるの。恋をしてひどい目に遭うのは嫌だけれど、それでもそんなことでも演奏に影響して他の人に真似のできない演奏になると言われたの。音楽学校では真面目に勉強してきたから、良い評価をいただいているけれど、一度学校を出て外の世界でやってみたほうが演奏に良い影響があるんじゃないかと思われているようなの。でも、音楽のことしか考えてこなかった私が今から勉強してどの程度の教養が身に付くのかしら。今は将来大物になる可能性がある新人と思われているけれど、いつまでもモーツァルトとベートーヴェンのピアノ作品を弾いていればよいというわけにはいかないと思うわ。でもロマン派の作品を弾きこなすには、自分の解釈が必要になるしそれの拠り所として文学作品というものが役に立つような気がするの」

「深美の悩みというのはそういうことなんだね。今日中にお父さんの意見を言わしてもらうよ。あっ、お母さんが帰って来たようだ。随分、連れて来たなあ」

母親が連れて来た、同僚の人々を前にして深美はお辞儀をしてから話し始めた。

「みなさん、母がいつもお世話になっています。みなさんのために、二曲演奏させていただきます。みなさんがよくご存知の月光ソナタと熱情ソナタをお聴きいただきます」

18

三人が次にやって来たのは、御茶ノ水駅近くの楽器店だった。

「今からマウスピースとリードを買うから付き合ってくれる」

「それなら、ついでにお母さんの演奏も聴きたいな。最近、聴いていないから」

「そう言うだろうと思って、楽譜を持って来たの。楽器はいつものように貸してもらうわ。店員さんに訊いてみるね。すみません、マウスピースとリードを買いたいんですが、少し吹かせてもらえますか。それから楽器をお借りできますか」

「どうぞ、ご案内しましょう。どのマウスピースにされますか」

店員は準備が整うと、ごゆっくりどうぞと言って試奏室を出て行った。

「おふたりさん、何にしましょうか」

「お母さんにおまかせするわ。ゆっくり寛いで楽しませていただきましょ、ね、お父さん」

「そうだね」

「お母さん、この前聴いた時より」

「ふふふ、ふたりとも驚いたようね。実は最近はお昼休みにも三十分ほど練習できるようになったから、ずいぶん上達したわ」

「本当にこの調子だとベンジャミンさんが言うように、来春には演奏会ができるんじゃないか」

「ベンジャミンさんって、誰なの」

「お父さんの友達なんだけど、深美も土曜日に会えるよ。音楽大学のヴァイオリンの先生で、今お母さんのアンサンブルを指導するために月一回名古屋から来られている。大川さん夫婦ともお友達で大川さんが土曜日に来てもらうようお願いしてくれたんだ。それからお父さんと同じようにディケンズ先生の小説が大好きなんだ」

「へえ、ベンジャミンさんも来てくれるのね。土曜日は賑やかになるわね」

「それに相川さんだって、アユミさんが連絡を取ってくれて、深美に会いに来てくれるんだよ」

「本当なの。ロンドンで仕事しているのにわざわざ会いに来てくれるの？　うれしいわ」

「と、ところで、言いにくいことなんだが……」

「わかってるわよ。お父さん用の楽譜もここにあるから。でも、リードをもう一箱くらいは買ってあげないと店員さんに悪いわね」

三人が楽器店を出た時には辺りは薄暗くなっていたが、秋子はもう一ヶ所行きたいと言った。

「秋子さんの気が済むまでつき合うよ。地平線の果てまで一緒に行くと言ったのだから」

「私もお父さんと同じよ」

「じゃあ、今から渋谷の名曲喫茶ライオンに行きましょ。今日は私が好きなブラームスのピアノ協奏曲第二番をリクエストするのよ。バックハウスのピアノ、ベーム指揮ウィーン・フィルの演奏でね。深美もいつかこの曲が演奏できたらいいなと思って」

「お母さん、ありがとう。いつか、きっと、ウィーン・フィルと共演するわ」

「そう、そう思って頑張っていれば、いつかきっと叶うのよ」

「ところで、深美、これからのことだけれど。お父さんは……」

「お父さん、これからのことは今決めるより、土曜日にみんなが集まるからその時に決めましょ。私としては今のままで行くか、日本の音大に編入するか、高校に入って一般の大学を目指すかのどれかだと思うけど、それについてみんなの意見を聞いてから決めたいの」

19

小川は土曜日の朝に片付けなければならない仕事があったので早朝に出社し、お昼前に会場である相川がよく利用するレストランに向かうことにした。小川は少しでも早くそのレストランに行きたかったが、着いたのは午後一時を過ぎていた。

レストランの入口には桃香が立っていて、小川がやってく来るとほほえんで抱きついた。

「お父さん、みんなお父さんが来るのを待っているわ」

「みんな揃っているのかな」

「そうよ、ベンさんも相川のおじさんもアユミ先生もご主人も。お父さんがなかなかここに来ないから、お母さんは、お父さんが来たら食事を出してもらいましょう。みなさん、それまではお酒でも飲んでいて下さいと言ったの」

「じゃあ、みんな飲んだのかな」

小川は一縷の望みを期待して、そっと桃香に尋ねてみた。

「ベンさんは、今日お姉さんに大切なお話があるからと言ってお酒は飲んでいないけれど、アユミ先生とご主人はご機嫌だからお酒を大分飲んでいるんじゃないかしら」

「………」

「お父さん、早く入りましょ」

扉を開くとアユミが弾くピアノにみんなが聴き入っていた。扉の近くにいるベンジャミンが最初に小川に声を掛けた。

「オマエ、ミンナ待っとったのにドウシタン」

「遅くなって、すみません」

小川が入口で動こうとしないので、相川が右手を差し出した。小川は握手を交わした上で左手を添えた。

「相川さん、今日来て下さったことに感謝します」

「小川さん、私だけでなくここにおられるみなさんは深美ちゃんを励ますために来ているのですが、ここで深美ちゃんの将来のことも話し合っておいた方がよいと思うのです。もちろん本人の意思も大切ですが、ご両親のご意見も尊重するべきだと思います。小川さんは深美ちゃんの将来のためには今、どうするのがよいと考えますか」

「どうせ、この人はやっぱり本人の意志が一番大切だと思うとか言って、自分が助言する必要はないと言うつもりよ。そうでしょ」

「いえ、違いますね。今日、ぼくははっきりと言わせてもらいますよ」

「じゃあ、言ってみな」

「ぼくは深美が……深美が……」

「早く言ったらどうなの」

「深美が高校に編入するのが一番いいと考えています」

「オウ　アナタ、モウイッペンイッタって。私　きっとキキ間違えたんヤトオモウワ」

「何遍でも言います。高校に編入させます。年内にロンドンの音楽学校にそのことを伝え、四月からは日本で高校の普通科に通うようにします。一年間しっかり勉強させて大学に入ってもらい……」

「オマエ　ムチャクチャやな。そらマチガットルデ」

「そうよ、ベンジャミンさんが言う通りだわ。あなたの選択は間違っているわ。許せないから、こうしてやる」

そう言って、アユミは小川の首のところに両手を持っていくとネック・ハンギング・ツリーの大技を掛けた。小川はそれでも自分が言っていることが正しいと主張し続けた。

「どうしてかと言うと、私は、私は……深美が大きくなった時に後悔しないためにはこ、これが……」

「小川さん、私のロンドンの職場では深美ちゃんのファンが多くいます。今のお話を聞いたらきっとみんながっかりするでしょう」

「小川さん、今なら前言を撤回できますよ。第一、今まで教育費はすべてロンドンの音楽学校もちですが、高校に編入するとなると全部小川さんが負担しなければならなくなりますよ」

「さあ、私が間違っていましたと今すぐ言うのよ。これなら音を上げるでしょう」

そう言って、アユミは更に高く小川を持ち上げたので、小川の意識はだんだん薄れていった。

20

小川はアユミに荒技を掛けられ意識を失ったが、そのおかげで夢の中でディケンズ先生に会うことができた。小川が周りを見ると霧が一面に立ちこめ、すぐ近くで旅客機に乗るようにとのアナウンスが流れていた。小川がその方向へと行こうとするとディケンズ先生が制止した。

「小川君、三途の川をジェット機で渡るのはまだ早いよ。君は百まで生きて、私の業績をずっと讃えてもらわないといけないのだから」

「あ、ディケンズ先生、でもぼくはどうしたんだろう……。そうだアユミさんが怒り心頭に発して、ぼくを持ち上げたんだっけ」

「小川君、今はもたもたしている余裕はないから、要点だけを話そう。何としても最初の意見を貫き通すんだよ」

「もちろんそのつもりですよ。ここで引き下がったら、ベンジャミンさん、相川さん、大川さん夫婦は喜ぶでしょうが、私の家族三人は喜ばないでしょう。家族の構成員がずっと遠くにいるのは好ましいこととは言えません。一番大切にしなけりゃいけないのはやはり家族ですし、家族を守るために父親は矢面に立ちますよ」

「そうだ、それがわかっているのなら、すぐにみんなのところに帰るがいい」

小川が目を覚ますとレストランの角にあるベンチに寝かされていた。小川が頭を上げてみんなの注意を引くとアユミが指をぽきぽき言わせて、小川の頭の前に立った。

「小川さん、薬が効きすぎたかもしれないけれど、私が言いたいことをわかってくれたわね。さあ、深美ちゃんをどうするつもり」

小川は起き直るとアユミをじっと見て話した。

「もちろん、前言を取り消す気はありません。もし、私が言うことが気に入らないのなら、ここから出て行って下さい」

「あなた、それで深美ちゃんが喜ぶと思っているの。このまま不断の努力さえすれば、世界的なピアニストになって両親を幸せに……」

「オウ　オマエ気がツイタのデスね。ホンマにヨカッタ。でもオナジことを言うのなら、今度は私が頭突きカマシマス」

「まあまあ、ベンジャミンさん、落ち着いて。だって小川さんは良識のある人だから、さっきはぼくが間違っていましたと言うに決まっていますよ。ねえ、小川さん」

「ベンジャミンさんも相川さんもそう仰るのなら、アユミさんと考えが同じなら、ここから出て行って下さい」

「まあまあ、みなさん落ち着いて下さい。そうだ今からぼくがトランポリンをしますから、その間に自分が言いたいことを整理しておいて下さい。三つ数えたら、ぼくは始めますから、みなさんご唱和ください。いちー、にー、さん、ぐえー」

「あなた、こんな時にトランポリンはないでしょう。小川さん、あなた、この事態をどう収拾するつもりなの。あら、秋子、あなたどうしたの」

「私、今まで、人にはやさしく接することしか考えなかったから、アユミさんにこんなことを言うのは本当に辛いことなんだけれど人の家の問題に口を挟まないでと言いたいの」

「秋子……」

「秋子さん……」

「アキーコ……」

「そう、私たち家族の意志に反対する人はここから出て行って下さい」

「……」

「みんな、どうしたの。今日は深美ちゃんを励ます会じゃなかった。あなた、どうだった」

「そ、そうだったね。ベンさんもとっておきの演奏を聞かせると言って、お酒を断っていたじゃないですか。ここはみんなが落ち着く音楽を奏でてほしいな。そのあと相川さん、あなたもお願いしますよ」

「そうでした。そうでした。今日は楽しい会にしなくちゃ。ねえ、ベンジャミン」

「アイカワの言う通りデス。私タチがシタことは内政干渉でホメラレタことではありません。あとはタノシクヤリマショウ」

21

延々と続く演奏を予想していた激励の会が早く終わったので、小川は、夕飯にすき焼きをすることを家族に提案した。

商店街を四人でぶらぶらして食材を購入し家に帰るとみんなで仕度して、午後七時にはコンロに火を点けた。

「でも、こうしてみんなですき焼きをつつくのも久しぶりだなあ。深美はロンドンですき焼きなんか食べたのかな」

「ええ、相川さんがそういうお店があるのを知っていて、何度か連れて行ってもらったわ。相川さんのおかげでホームシックになることはなかったけれど、でもやっぱりこうして家族で食事をするのが一番いいわ」

一時間ほどして、家族みんなが食事に満足したところで小川が話し始めた。

「ところで、深美自身の意見は本当のところどうなんだい」

「この前少しお父さんに話したけれど、いろんな経験をすることで演奏に良い影響を与えるというのは間違いないと思うのよ。いろんな経験をして感動する。楽しいお喋りをしたり辛い別れを自分で体験する。こういったことは、毎日朝早くから晩遅くまで音楽の勉強ばかりして、月に一回くらい演奏会をするような生活ではできないと思うの。

だから、お父さんがさっき言ってくれたことに感謝しているわ」

「ふふふ、お母さん、お父さんが言うことも、深美の言うことも正しいと思うから、精一杯応援しようとは思っているけれど、今までのように音楽の勉強だけをしていればいいというわけにはいかないことは認識しておいてほしいわ」

「ええ、それはわかっているわ」

「音楽学校との関係はどうなるのかしら」

「音楽学校を中途で退学することになるけれど、先生方の話だともう一度ここで勉強するなら、いつでも歓迎すると言っているわ。だから、大学生活を終えたら、戻るかもしれない。さっき相川さんと少し話をしたんだけれど、相川さんは、私が音楽学校にいつでも帰って来られるように話をつけておくと言って下さったの」

「あなたの人生だから、自分が選んだ道を歩めば良いわけだけれど、高校への編入は自分の努力次第だし、自分が独学で同じだけピアノの勉強をするためにはどうすれば良いかは今度帰るまでによく考えておいてほしいわ。多分、これから険しい山を登ろうとしている人に対してと、一旦下界の景色を十分に見てから頃合いを見て登ろうと考えている人に対してとは著しく待遇が違って来るのは覚悟しないと駄目だわ」

「お父さんからひとつ提案したいことがあるんだけれど……」

「何かしら」

「深美は高校へ編入して一般の大学に行くのが良いと考えているようだけれど、音楽大学に行くことも考えておいてほしい。お母さんが勤める音大やベンジャミンさんが勤める音大もよい先生方がたくさんおられるし設備も十分整っている。お母さんは、高校の二年生までクラリネットを一所懸命に勉強してプロの方と共演できるまでになったのに、七年ほどのブランクは大きく、高校二年の時にあった高い技術を取り戻すことは難しいと考えて趣味としてクラリネットを演奏することにしたんだ。だから深美も高校三年に編入して一般の大学に行ったとすると五年のブランクを取り戻さないといけないことになる。それよりかは……」

「私、お父さんが言うことはよくわかるわ。でも、今の気持ちは断然、一般の大学への進学なの」

「でも、深美、お前、一体何を勉強するつもりなんだい」

「私、昨年の暮れに相川さんからディケンズの『クリスマス・キャロル』をいただいたの。原語だったので、どれだけ理解できたかはわからないけれど、通して読んでみてディケンズの文体や登場人物に味わいがあるな。もう少し彼の小説を研究してみたいなと思ったの。ピアノとは疎遠になるかもしれないけれど、ロンドンとはこれからも仲良くするかも」

「本当のことなのかい。そんなことを言ったら、ディケンズ先生は喜ぶだろうけれど……」

「まあ、しばらくは深美を応援してあげましょう」

22

小川はいつもの喫茶店で席に着くと、昨日届いた相川からの手紙を開封した。

〈相川さん、せっかく時間を作って深美を励ましに来てくれたのにあんなことになってしまって、怒っているんじゃないかな。いや、むしろ怒って当たり前だろう。職場の人もみんな深美を応援していると言ってくれたのに、それを無視して演奏家になる勉強を中断していとぼくが言ったのだから。アユミさんのご主人は、アユミさんとベンジャミンさんにぼくの気持ちを伝えておくと言ってくれたけれど今までのようなおつき合いができるんだろうか。ふたりとも秋子さんにとっては大切な友人であるけれど、秋子さんがぼくを弁護したためにうまく行かなくなったということになると……。まあ、くよくよしたらどうかなるでもないだろし……。とにかくこの手紙を読んでみよう〉

小川弘士様

年末年始が多忙で手紙を書くのが遅くなってしまいました。小川さんはきっとこの前の深美ちゃんの激励会の時のことを気にしておられることと思いますが、私としては、小川さんは深美ちゃんの父親として立派に振る舞われたと思っています。言うべきことを言って、家族の賛同を得た訳ですから、第三者がどうこう言っても仕方がありません。少なくとも五年間は深美ちゃんの演奏を待たねばなりませんが、それ以降にひと回り成長した深美ちゃんを見られるのなら、楽しみに待つことにします。深美ちゃんなら自分で選んだモラトリアムの期間を意義あるものにするに違いないでしょう。ぼくはロンドンにいるので今までのようにそばにいて力になってあげることができないのですが、その分、大川さんとアユミさんが大きな力になってくれるでしょう。確かにアユミさんは深美ちゃんが引き続きロンドンで演奏家としての勉強をされることを希望されていましたが、あれからすぐに考え方を切り替えられ、日本に帰って来られることになったので、その間は深美ちゃんが不自由しないように音楽的な環境を維持すると言われていました。ベンジャミンも同様のことを言っているので、今度小川さんのところへ来た時には以前と変わらない態度で接して下さい。いろいろありましたが、これからも今まで同様によろしくお願いしますというのが、大川さん、アユミさん、ベンジャミンそして私の率直な気持です。ですから、今まで通りに小説の添削もさせていただきます。また私からも小説をお送りします。そういう訳で今回も同封させていただきましたので、お楽しみください。それではまだまだ寒い日が続きますので、どうぞご自愛下さい。

相川隆司

『石山が乗った夜行バスが俊子が住む地方都市の高速バスのバス停に着くと、石山は真っ先に下りて辺りを見回した。時計を見ると午前三時三十分だった。石山は誰も迎えに来ていないのを残念に思ったが、すぐに気持ちを切り替えて、いかにして今から俊子の家に行き俊子に会い、写真を撮ってからここに戻り、帰りの夜行バスに乗るかを考えた。〈ここから俊子さんの家まで二十キロある。交通機関を利用しないととても行けない。始発のバスが出るのが午前六時三十分だから、三時間はここで待たなければならない。おや、めずらしいなタクシーがやって来た。でもあれを利用すると深夜料金だし一万円は覚悟しなければならない。ぼくの薄給ではとても無理だ。あれ、誰かタクシーを降りてこちらにやってくる。もしかするとあの女性は……〉女性が近くに来ると、石山はそれが俊子の母親であることがわかった。母親はジャージを着ていた。「ホンマにやってきよったんやね。でも、あんたの思うとるようにはいかんのよ」母親が言葉を切ると同時にタクシーはエンジンをかけ、ふたりから遠ざかって行った。「ああーっ、お母さん、あれが行ってしまったら、困らないですか」「なんーも、困らんよ」「どうして家まで帰られるんですか」「もちろん走るんよ。あんたも来んしゃい」「お母さん、ちょっと聞いて下さい。ぼくは俊子さんの写真を撮らせていただくためにたくさん機材を持って来たんです。見ての通り一眼レフカメラ二台に交換レンズ五本、それを入れるためのアルミ製のカメラバッグ、三脚もイタリア製のがっしりしたのを……」「そりゃ、あんたの勝手だがね。私ゃ、今すぐ走り出すから、あんたついて来んしゃい」「待って下さい。それにこの格好を見て下さい。イタリア製の高級紳士服に、日本製のネクタイと底上げブーツ、これで二十キロも走れと言うんですか」「そら、あんたの好きにしたらいいんよ。でも……」「でも、なんですか」「でも、始発バスまでここにいて、ゆっくり俊子のところに行こうという考え方なら……」「そうだったら、どうなるんですか」「そら、熱意のない人は家に入れんということになるやろね」「…………」「まあ、ぼちぼち行っとるから」そう言うと、母親は石山に背を向けて走り出した』

23

小川は相川が書いた小説を読むと、しばらく感慨に耽った。

「それにしても、この小説の主人公の明るさと忍耐強さはなんだろう。ちょっと待てよ。これは……。なんだったかな……。えーっと、そうだ！　昔のアメリカのアニメーション、「ポパイ」や「トムとジェリー」がこんなんだったような……。ポパイがブルートにやられても、トムがジェリーにやられてもすぐに立ち直るように石山も課長や俊子のお母さんに打ちのめされても起き上がり小法師のようにすぐに起き直る。ぼくらの世代の人の多くにこんな傾向があるけれど、それは取りも直さず、何度もテレビで再放送を見ているうちに脳の深層に刷り込まれたということが言えるかもしれない。ディケンズ先生の小説の中では、『デイヴィッド・コパフィールド』のミコーバー氏がこういう人物と言えるかもしれない。でも相川さんはただ石山という主人公が艱難辛苦を乗り越えて栄光を掴むところをぼくに読ませて、励まそうとしているんだろうな。そうだ、今日は仕事を早く切り上げて、秋子さんと一緒に大川さんの家を訪ねることにしよう。相川さんの言うとおりだったら、アユミさんとの仲直りも可能だろう」


小川が午後七時過ぎに帰宅すると、秋子はすぐに玄関にやって来て小川に声を掛けた。

「お帰りなさい」

「ただいま。ちょうど良かった。夕食の前にちょっと大川さんの家に行きたいんだけど、いいかな」

「ええ、だけど、やっぱり、アユミさんが言うとおりになったわ」

「そ、それって、どういうこと」

「アユミさんと昨日会ったんだけど、アユミさんってもやもやしたことが嫌いな性格だから、小川さんと元どおりの仲良しになれるように仲裁してほしいって相川さんに手紙を書いたの。それが二週間前だって言っていたから、昨日届いた相川さんから小川さんへの手紙にはそのことが……」

「なるほどね。元どおりの仲良しか。なら、話は早いね。早速出かけることにしよう」

「ええ、でもご主人は仕事で遅くなるって言っていたけど……」

「やっぱり、ごはんを食べてからにしよう」

午後九時頃に小川と秋子が大川の家を訪れ玄関の呼鈴を鳴らすと、しばらくして大川が鉄扉を開けた。

「やあ、おふたりお揃いですね。ぼくはさっき帰宅したんですが、アユミは七時頃から小川さんが来るんじゃないかと待ち続けていたようです」

「待ち続けていたんですか……」

「それでも、裕美と音弥が起きている間は小川さんのことはあまり考えなかったようです」

「あまり考えなかったんですか」

「ですが、子どもたちが寝室に行くと……」

「どうなりましたか」

「お酒を飲みながら、この前のことを反芻することにしたようです」

「で、どうなったんですか。おおーっ」

大川の後ろからアユミが突然現れたかと思うと、アユミは右手で小川の襟首を掴んでそのままビールのジョッキを持ち上げるようにした。

「あんた、この前はよくも……」

小川は想定できる範囲内の出来事だったので、落ち着いて発言した。

「こんばんは、アユミさん。秋子から、元どおりに仲良しでいたいって聞いて来たのに、これが仲良しなのかな」

「いいえ、そんなつもりじゃ……」

アユミは小川の言葉で正気に戻ったが、右腕に充塡されたエネルギーを放出する場に困り、側にいた夫の鳩尾にパンチを入れることで解消した。

「ぐえーっ」

24

アユミの夫はしばらく身体をくの字に曲げて痛がっていたが、アユミが秋子と一緒に奥に入って行くのを見ると、小川に話しかけた。

「うん、今さっきのは久しぶりの心のこもった一発でした」

「すみません。ぼくがもう少し早く来ていれば、アユミさんの怒りが爆発することもなかったでしょう」

「それはわかりませんね。でも、最近、強烈なパンチをもらってなかったので、小川さんには感謝しています」

「……」

アユミがお茶を出し終えると、小川は話し始めた。

「大川さんそれにアユミさん、この前は失礼なことを言いました」

「小川さん、そのことなら、ぼくもアユミも済んだことと思っていますので、何も言わなくてもいいですよ」

「でも……」

「私に技を掛けられて失神しても意志を曲げなかったんだから、立派だった。それを今になって否定するのは、自分がしたことは間違っていたということになりかねないわよ。ここは小川さんは胸を張って、これからの深美ちゃんのことをどうするか語ればいいのよ」

「わかりました。でも、深美は自分で将来のことを、少なくともこれから先十年くらいのことは考えているようですから、ぼくは深美が困っている時だけ、父親の役割を果たそうと考えているんです。それよりも深美が帰国しても、音楽的な環境を保っていただけるとアユミさんはおっしゃっていましたが、具体的にはどうされるのですか」

「ああ、そのことなら、私とアユミの知り合いの音楽家に相談するつもりです。深美ちゃんが帰って来たら、ブランクで演奏に支障が出るということがないようにするつもりです」

「ベンジャミンさんとはどうなりますか」

「彼はヴァイオリニストだから、弦楽器奏者に知り合いが多いのですが、ピアニストの知り合いは少ない。むしろアユミの方が深美ちゃんの指導者としては適任だと思います。ベンジャミンは桃香ちゃんを指導すると張り切っているのだから、あえて深美ちゃんまで彼に任す必要はないと思います」

秋子は三人の話を黙って聞いていたが、肝心の話を誰もしないので自分から切り出した。

「でも、忘れないでほしいのは、深美が今何をしたいと思っているかだわ。この前、深美が言っていたことを覚えているかしら」

「確か、深美ちゃんは、高校三年に編入して一年間一所懸命に勉強して、英文科に入りディケンズを研究したいと言われていましたね」

「大学生活では教養を深めるだけでなく個人的な深いお付き合いなんかも経験して人間的に成長すれば、演奏に反映されていくってイギリスの音楽学校の先生が仰っていたと言っていたわ。私はその先生の言うとおりだと思うの」

「そうね、そのとおりよ。私たちはいろんな面で精一杯彼女を応援しましょう」


その日、小川は書斎で持ち帰り残業を片付けてから横になった。眠りにつくと、ディケンズ先生が夢の中に現れた。

「小川君は最近私の小説を読んでくれていないが……」

「そういえば、『ニコラス・ニクルビー』の翻訳が出ているんですね。また風光書房で手に入るといいな……。今度の週末に行ってみることにします」

「そうだね。でも、その前に『クリスマス・キャロル』を読んでおくといいよ。だって、君の小説に取り込むことになっているのだから」

「そうですね。別の訳があったら、それも読んでみます」

25

小川は、会社の帰りに久しぶりに風光書房に立ち寄った。店内に入るとすぐに店主と目が合い、店主は小川に笑顔で話し掛けた。

「やあ、小川さん、お待ちしておりました」

「と、いうと何か吉報があるのですか」

「多分、吉報になるんだろうなあ、でも、条件付きですね」

「うーん、意味がわからないなあ。それって、どういうことですか」

「小川さんが、待ちに待った、『ニコラス・ニクルビー』が上下巻揃って入荷したんですよ。ただ……」

「条件付きなんですね。例えば高価であるとか……」

「いえいえ、小川さんが支払い可能な範囲内なのですが……」

「では、どういった条件ですか」

「この本は当店によく来られる方が売りに出されたのですが、その方もディケンズのファンの方なのです。小川さんと同様にある本を探しておられるんです」

「なるほど、それは多分、『ドンビー父子』なのですね」

「そのとおり、その方は、どうしても古本として『ドンビー父子』が購入できないので、結果的に『ドンビー父子』が自分の手に入るのなら、『ニコラス・ニクルビー』を手放してもよいと言われたんです」

「物々交換ということになるのですか」

「そういうわけにはいかないので、それぞれが本を一旦手放していただいた上で、もう一方の方にお売りするということになります」

「なるほど。で、その方はどういった方なのですか」

「残念ながら、その方の希望で一切話さないよう言われています。その方は小川さんのことを知っていると言われていました」

「謎めいた話だな。でも、店主さん、『ニコラス・ニクルビー』の所有者、私の三人がそれぞれ幸せになるのだから、よしとするか……」

「じゃあ、決まった。私からその方に連絡しておきますから、小川さんもなるべく早く、『ドンビー父子』をお持ちください」

その夜、小川は持ち帰り残業をするために書斎で遅くまで起きていたが、床で横になるとすぐに夢の中にディケンズ先生が現れた。

「小川君が久しぶりに私の小説を読んでくれるんでうれしいよ」

「でも、先生、読みかけの本が二冊あるので、それが終わってからになります」

「それは何かな」

「ひとつは、トーマス・マンの『魔の山』なのですが、風光書房で立ち読みしていて、彼の写真が載っているページに彼の名前が、ンマ・スマートと書かれていて、衝動買いしてしまったのです」

「なぜそんな風に書かれてあったのかね」

「その本が発売されたのが、昭和十三年で当時は横書きは右から記載するというルールになっていたんです。だから題名も『山の魔』です。他にもかなづかいが旧仮名遣いで、古めかしくてぼくは好きなんですが、登場人物の話すことが難解で、特にナフタという人の話は何がなんだかわからないので、読むのをやめようかと思っていたのですが、主人公が健康のためにスキーを始めたのでまた読む気になったのです」

「で、もうひとつはどんな本だね」

「実は、自分の小説に『クリスマス・キャロル』から引用すると決めた時に、ぼくはふと中学時代に読んでいた本のことを思い出したんです」

「ほう、さすがだな。中学時代から小川君はイギリス文学を読んでいたんだ」

「残念ながら、そうではないのです。『世界の怪奇』という大陸書房から出ていた本で、オカルトや超常現象について書かれた本です。当時の深夜放送でオカルトの話をよくしていて、ぼくも少し興味を持ったのです。『世界の怪奇』は友人から勧められて購入したのですが、これが、本当に怖くて。その本をこの前に神田の古書街で見つけて購入して、読み始めたところなのです」

「まあ、いろいろ事情があるだろうから、気長に待つさ。でも、本格的に読み始めるようになったら、私はゲストを連れて君の夢に現れるから、楽しみにしていたまえ」

「ええ、楽しみにしています」

26

小川はいつもの喫茶店に久しぶりにやって来た。昨日、風光書房で購入した『ニコラス・ニクルビー』を読むためだった。

〈それにしても、風光書房の店主が『ドンビー父子』と交換でと言われたので、『ドンビー父子』を手放してしまったが、苦労して手にした本だから手放すのは少し辛かった。でも、いつかはディケンズの十四編の長編小説すべての翻訳を揃えるようにしよう。それから例えば、『大いなる遺産』や『二都物語』はいくつかの翻訳が出ているから、それを全部購入して読み比べるのも面白いだろう。きっと翻訳家の個性が出ているだろうから。おや〉

小川が顔を上げると秋子がそこにいた。二十年前に上京して小川を訪ねた時と同じ席に小川が座っていて、テーブルを挟んで秋子が微笑みかけたのもその時と同じだったので、小川は当惑して、近くにあるカレンダーを見て今がいつなのかを確認した。

「えーと、二〇〇七年四月だな。秋子さんが初めてここに来たのは確か……」

「ふふふ、一九八八年一月よ。あれから二十年近くになるのね。でも、なぜかここには、それ以来来ることがなかった」

「そういえば、名曲喫茶ヴィオロンには二人してよく出掛けるけど、ぼくがここを利用するのは平日の早朝で、たまに土曜日の午前中だけだから、秋子さんがここに来ることはなかったんだね」

「でも、今日は小川さん張り切って、『ニコラス・ニクルビー』を読むんだって家を出る時に言っていたから、きっとここに来ているだろうなと思ってやって来たの」

「用事を済ませて、来てくれたわけだ。ああ、いつまでも立たせていてすまない。コーヒーを注文しようか」

「ええ、お願いするわ。今日、ここに来たのは、なつかしい思い出の場所を訪ねてみたいというのもあったんだけど、『ニコラス・ニクルビー』という小説のことを小川さんがよく話していたから、どんな小説なのか知りたくなって」

「実は、内容について、ぼくもよく知らないんだ。小池滋さんがディケンズ先生の未完の小説『エドウィン・ドルードの謎』を訳されていて、その巻末に長編小説のあらすじを書かれているが、二つの長編小説については、それがない。ひとつは以前、秋子さんに、ディケンズ先生らしくない小説と言っていた……」

「わかった。『マーティン・チャズルウィット』ね」

「そしてもうひとつがこの小説なんだ」

「それじゃー、あまり楽しい小説じゃあないのかしら」

「ベンジャミンさんと会うまでは、そう思っていたけど、彼から是非読んでみてと言われてからは、翻訳が出たらすぐに読もうと思っていたんだ」

「そういえば、いつか、小川さん、ベンジャミンさんと知り合いになれたのは、ふたりともディケンズファンで、新幹線の中でベンジャミンさんが『ニコラス・ニクルビー』を読んでいるのに興味を持って、声を掛けたって言っていたわね」

「そうなんだ。『ニコラス・ニクルビー』がベンジャミンさんとぼくを結びつけてくれたという感じさ。それから後に田辺洋子さんが『ニコラス・ニクルビー』の全訳を出されたが、一部の公立図書館でしか読むことができなかったんだ。それがようやく手に入った」

「それだけ聞けたら、帰るわ。あとは小川さんがその小説を楽しんで。じゃあゆっくり読んでまた感想を……」

「まさか、秋子さんをこのまま家に帰らせるわけないじゃないか。音大での練習は明日だろ。今日は久しぶりに思い出の場所に行こう」

「そうね。それもいいわね。私は上野公園と風光書房と名曲喫茶ライオンに行きたいわ」

「風光書房には昨日も行ったけど、秋子さんが希望するんだったら……」

「そう、たっての希望なの」

27

小川と秋子は、その喫茶店の近くにある神田の古書街へと向かった。しばらくして秋子が思い出したように小川に語りかけた。

「小川さん、悪いけど風光書房さんに行く前に寄って行きたいところがあるの。前に行ったことがある楽器店なんだけれど、小川さんとふたりで行くとまたそこで道草しちゃうから、先に風光書房に行ってもらえないかしら」

「ははは、時間は有効に使おうというわけだね。いいよ、もちろん。風光書房で待っているよ」

「そんなにかからないと思うわ。じゃあ、あとで」

小川が風光書房に行くと店内に客はおらず、小川が入って来たのを知って、店主は小川に声を掛けた。

「やあ、小川さん、連日のご来店ありがとうございます。何かお探しですか」

「いいえ、実は今日は妻がどうしてもここに来たいと言ったので……」

「そうですか、小川さんはご存知ないかもしれないけど、奥さんもおひとりでご来店いただいているんですよ」

「そうなんですか。知らなかったなあ。やっぱり、イギリス文学ですか」

「いえいえ、うちはクラシック音楽の専門書もたくさん置いているので、それに興味を持たれているようですよ」

エレベーターの扉が開いて秋子が風光書房に入って来たが、そのあとに男性が続いた。ベンジャミンだった。

「オウ、オマエ、ゲンキデシタか」

「えーっ、な、なんで、ベンジャミンさんがここに」

「私、ナニもシリマセン。アキコがここに来れば、『ドンビー父子』を渡すと言ったので、ここに来たダケです」

「とすると、『ニコラス・ニクルビー』の持ち主はベンジャミンさんだったんですか」

「ソウ言うオマエが「ドンビー」の持ち主ナノか」

「でも、なかなか入手できない本をどうして手に入れられたのですか」

「ソラ、アンタ、前から「ニコラス」のファンだったから、新訳が出たと聞いてすぐにコウニュウしたんよ。この前、アキコに会った時に「ニコラス」のことを言ったら、うれしそうにしていたんやが」

「そうだったんですか。でも、秋子さん、ベンジャミンさんをわざわざ呼び出すこともなかっただろうに」

「私が考えたのは、ひとつはベンジャミンさんに重たい本を持って来てもらわないということなの。だからここに送ってもらったの。それともうひとつはここにあるクラシック関連の古書をベンジャミンさんに見てもらいたかったの。ベンジャミンさんは家に来られた時に『ドンビー父子』が棚に並べてあるのを見て、一度日本語訳を読んでみたいと言われていたの。それで、どうしたら小川さん、ベンジャミンさん、店主さんが幸せになるか考えてみたの」

「オウ、アキコの発想はイツモドオリスバラシイ。私が前からほしいと思っていたフルホンがここにはたくさんあります。ここにある、岩波新書の『孤独の対話　―ベートーヴェンの会話帖―』(山根銀二著)はソクコウニュウします」

「それは、ありがとうございます。私は小川さんの奥さんからあなたのお住まいに許可を得て、『ドンビー父子』を送るように言われたのですが、そうさせていただいてよろしいですか」

「イイエ、名刺を渡しておくから、大学に送ってチョウダイ。ところで、折角のキカイやから、おふたりさん、ちょっと大切なハナシをしたいのですが、ヨロシイですか」

「じゃあ、ベンジャミンさんが支払いや発送依頼を終えたら、この近くのレストランで昼食を取ろう。ベンジャミンさん、何か、言いたいことが……」

「私、ざるそばとおやこドンブリがええと思うとるけど、それでは、イケナイですか」

「神田古書街には、おそばの美味しい店がたくさんあるから、賛成よ。駿河台下の交差点を渡って少し行ったところにおいしいおそば屋さんがあったわ。でも、親子丼はあったかしら」

「オウ、グッド。そこへいこまい」

28

小川と秋子は、器用に割り箸を使ってざるそばを食べているベンジャミンを笑顔で見ていた。

「ベンジャミンさんも、二十年くらいですか。来日してから」

「ソウいえば、アキコはオガワとシンミツに交際を始めたのが二十年ほど前と言っていたね。私はここへ来て十五年になるかな」

「ベンジャミンさんは、昔から日本という国に興味を持っていたのかしら」

「ソレハまちがいアリマセン。でも、最初の頃は日本人の優柔不断なセイカクにはなじめませんデシタ。そのことに将来が、今の生活が、そして自分の面目がかかっているのにのんきににこにこして自分からススンデ意見を言わない。それに慣れるのにタイヘン時間がかかりました」

「そうかしら。私は日本人は勤勉で物事にまじめに取り組んでいるし、必要な時には進んで意見を言うと考えているけど」

「サイキンではミヂカなところでありました……」

「最近、そういうことがあったんだって。どんなことだろう。…………。それって、ぼくのことではないですね」

「オマエのことやがな。ムスメが一直線に大ピアニストになろうとしているちゅーのに、いらんことしよってからに」

「それはちがいます。あれは深美が、さらに優れたピアニストになるために他の世界も見たいと言ったので、力になってやっただけですよ。本人の意志を尊重した結果ですよ」

「最初はソンな日本人の優柔不断さがキライでしたが、それは日本人の相手をいたわる気持ちゃ相手の意見を尊重する気持ちやなにより相手と仲良くしたいという気持ちから、生じていることがワカリました。スルト、日本人の見方が一八〇ドテンカンしたのでした。私はニッポンという国が好きだから、一生この国にいて、この国の人たちとナカヨクやっていくことでしょう。オガワはそんな私が描いている日本人のチョーティピカルな例で、コイツとはこれからもずっとオツキアイしたいですね」

「まあ、ベンジャミンさんが何と言われようと、ぼくはこれからもベンジャミンさんとの親交を持ち続けるつもりですから」

そう言って、小川が何気なく店内にある何年も使用していない一四インチの白黒テレビを見ると、突然スイッチが入りディケンズ先生の姿が映し出された。ディケンズ先生はにっこり笑って右手にお辞儀をさせると、すぐにスイッチが切れて画面はもとの通りに暗くなった。

「そうか、オマエ、よう言うてくれた。オマエと私はこれからもシンユーやで、ううっ。ほな、そろそろホンロンに入るワ」

「多分、ベンジャミンさんは桃香のことを言いたいのではないかしら。名古屋のベンジャミンさんが教鞭を執っている学校で勉強してはと」

「流石、アキコはスルドイ。そう、私は深美ちゃんが戻ってきたので、ヨイ機会だと思っとるん」

「そんな、突然、言われても……。第一桃香はまだ中学二年生ですよ。独り住まいさせるわけにいかないし、大阪や京都なら親戚がいるのでなんとかなりますが、名古屋には親戚はいないんですから」

「私がおるから、心配はいらん。かみさんにもオーケーとっとるし」

「でも、三年生から編入はできないでしょう。やはり高一になるまで待たないと」

「いや、私は理事長と仲がヨイから、有望な中学生がおるから附属中学の三年に編入させてと頼むことは難しくはアリマセン」

「秋子さん、どう思う」

「最後は本人次第だけれど、私は賛成。桃香もヴァイオリン演奏に真面目に取り組んでいるから、上達も早いと思うわ。それにベンジャミンさんという大先生が近くにいて毎日指導してくださるのだから……」

「ほな、よろしーね。明日の練習が終わったら、オガワのウチにおじゃまして桃香ちゃんに説明させてもらうから」

「でも、授業料がかかるのではないですか。それに生活費だって馬鹿にならないだろう」

「オウ、オガワへの返事のために、よいことわざがアリマスが、ワカリマスか」

「多分、案ずるより産むが易しじゃないかしら」

「ソノトオリです」

小川と秋子とベンジャミンは駿河台下の交差点近くのそば屋を後にすると、ＪＲ御茶ノ水駅に向かった。

「ヒサシブリニ東京見物デモシマスカ、エエトコアリマスカ」

「そうね、ベンジャミンさんはずっと名古屋にお住まいだから……。今日は取って置きのところへご案内するわ。そのかわりいつか私たちが名古屋に行った時には、名所案内でもしてもらいましょうか」

「なごやは、でぇれーーええとこやから、キンしゃい。で、これから、どこいくん、オマエ」

「そうだなー、そうだあそこにしよう。いいですか、そこは東京都内のクラシック音楽の聖地のひとつとも言えるところです」

「オウ、ソレハ、山田耕筰や滝廉太郎や中田喜直の生誕地のコトデスカ」

「いいえ、そうではありません。これから行くところは、イギリス人には馴染みのない場所かもしれなせん」

「ナンか、ナゾめいたことを言いよるな。この近くにカザルスホールがアリマスガ……」

「いえいえ、ホールでもありません。勿体ぶるのはやめましょう。名曲喫茶のことなんです」

「メイキョクキッサ？？？　オウ、ソレハナンデスカ」

「渋谷に日本一の名曲喫茶ライオンがあるのです。ここでお気に入りの曲を聴いていただくのも楽しいかと思うので……」

「アキコは、ドウデスカ」

「ええ、私もそこが大好きなんです」


小川がリクエストした、ナタン・ミルシュタインがヴァイオリンを独奏し、クラウディオ・アバドがウィーン・フィルを指揮したメンデルスゾーンとチャイコフスキーのヴァイオリン協奏曲のレコードの演奏が終わるとベンジャミンは思わず拍手をした。

「ははは、お客さんが余りいないからよかった。ベンジャミンさん、拍手の必要はありませんよ。ここは静かに音楽を聴くところです」

「オウ、ソウデシタカ。デモ、アナログレコードの名演を大型スピーカーで聴くのはホールでコンサートを聴くこととはチガッタ味わいがあるように思います。こういう文化が日本にはあるのですね。マタ日本をミナオシマシタ」

「それはよかったです」

「ふふふ、そうだ、今度はベンジャミンさんがリクエストしたらいいわ。ここで聴いてみたい曲って、あるかしら」

「私もメンデルスゾーンが聴きたくなりました。交響曲第三番「スコットランド」はありますか」


三人が名曲喫茶ライオンを出ると午後五時近くになっていた。百軒店商店街を通り抜け道玄坂に出ると、ベンジャミンは、もう少し渋谷を散策すると言って、小川と秋子に別れを告げた。山手線から中央線に乗り換えふたりがシートに座ると、小川は秋子に話しかけた。

「本当にベンジャミンさんは気が置けない、すばらしい人物だね」

「ええ、私、ベンジャミンさんなら、桃香をしっかり導いてくれる気がするんだけど」

「確かにそうだけど、やはり桃香の気持ちを大切にしないと」

「そうね、私もそう思うわ」

30

小川が自宅のチャイムを鳴らすとアユミが出てきた。横から大川も顔を出した。小川が尻込みしていたので秋子が笑顔で応えた。

「こんばんは、おふたりお揃いなんて久しぶりね。何か用かしら」

「秋子さん、そうなんですよ。また、転勤が決まりましてね」

「ま、まさかと思いますが、転勤先は名古屋ではないでしょうね」

「いやあー、まいったな。秋子さんの勘が鋭いのはわかるけど、まさか、小川さんに当てられるとは」

「…………」

「あまりに話が出来すぎているので、眉につばをつけないといけないかな」

「あなた、私たちを嘘つき呼ばわりするのね」

そう言って、アユミが小川の胸ぐらを掴んで持ち上げたので、桃香が驚いて、先生、お父さんが何かしたのと言った。

「そうよ、こ、こいつはいつもこんな感じで、私を挑発するのよ。桃香ちゃんも大きくなって、こんな大人になっちゃ駄目よ」

「お父さん、ほんとにそうなの」

「まあまあ、それぞれ言い分はあるでしょう。ここは私に免じて、仲直りしてください。ぐぇっ」

「あなた、最初から仲の悪いもの同士が、仲直りできるわけないでしょ」

秋子がお茶を入れると生姜煎餅の効果も現れて、アユミは落ち着いてきた。

「さっきは、本当に失礼なと思ったけど、なぜあんなことを言ったの」

「私が説明するわ。さっき、ベンジャミンさんと会って桃香のこれからのことで話が出たのよ。ベンジャミンさんは音楽の勉強をするんだったら、面倒を見てあげよう。名古屋においでと言われたの」

「そうか、それで名古屋の転勤があまりに小説のような筋書きなので、眉につばといったんだ。どうだ、アユミ、小川さんは、そういう意味で言ったんだよ」

「わかった、小川さん、今日のところは謝るわ。ごめんなさい」

「いいえ、いいんです。ぼくももうちょっと別の言い方をすればよかった」

「例えばどんなの」

「そ、そうですね、信憑性を疑うとか」

「今度、そんなことを言ったら、私、元に戻るから」

「まあまあ、で、おふたりはどうお考えなんです」

「そりゃー、こういうのは本人の意志の問題で、本人が希望するなら、それを叶えてあげるのが親として……。どうだい、桃香」

「私は音楽が好き、ベンジャミンさんも好き。でもお父さんやお母さんと離れるのはさみしい」

「深美はそれこそ怖いもの知らずのところがありますが、桃香は甘えん坊のところがあるから。でも桃香、安心しろ、大川さんとアユミ先生も名古屋に行かれるということだから、心配事があったらすぐに訪ねるといい」

「私は名古屋で音楽教室の講師をやってみようかなと思っているの」

「じゃあ、困ったら、そこに行けばいい。桃香、どうだい」

「わかったわ」


大川とアユミが帰ると、小川は書斎に入り布団を敷いて横になった。しばらく自分の娘ふたりの将来を考えていたが、すぐにディケンズ先生が待つ夢の世界に吸い込まれて行った。

「やあ、小川君、元気にしているかい」

「ああ、先生、ぼくはいろんな人に支えられて幸せな人生だなと思っています。このままいつまでも……」

「いいや、そういうわけにはいかないさ。よく言うじゃないか、人生山あり谷ありと。自分だけの人生なら、自分がしっかりしていればいいんだが、小川君の場合は秋子さんとふたりの娘さんがいる。この一緒の船に乗っている家族をどのように導いて行くかも大切なんだ。秋子さんは心の強いしっかりした人だが、娘さんたちはまだまだ。それから小川君にはアユミさんに対する苦手意識があるじゃないか」

「仰る通りですが、これから何かあるのですか」

「もちろん。近い将来、アユミさんと究極の戦いをすることになる。その際、今読んでいる、『ニコラス・ニクルビー』の主人公の言動が参考になると思う」

「先生っ、究極の戦いって、一体……」

「それはその時のお楽しみということで、楽しみにしていたまえ」

31

小川は久しぶりに休日の朝に時間が取れたので、いつもの喫茶店に来ていた。『ニコラス・ニクルビー』を読んだ後に、相川から来た手紙を読んで返事を書くことにしていた。小川は着いてすぐにハードカバーと手紙をテーブルに並べたが、なかなか小説を読み始められないでいた。

〈正直に言うと、相川さんが書かれた手紙と小説の続きを先に読みたい。でも、時間を有効に使わないといけない。この前のディケンズ先生の話だと、「アユミさんと究極の戦いをすることになる。『ニコラス・ニクルビー』の主人公の言動が参考になると思う」と言われていたが、究極の戦いというのはどういうことだろう。メキシコでプロレスのことをルチャ・リブレ（極限までの死闘）というから、もしかしたらぼくはアユミさんの出身大学のプロレス研究会のリングの上でアユミさんと闘うことになるのかもしれない。そんなことを考えていたら、心配で心配で……。でも朝早く起きたからか、眠たくなってきた〉

霧が晴れてディケンズ先生が現れると、小川は尋ねた。

「先生がこの前に、アユミさんと究極の戦いをすると言われたので、どうなるのか心配なんです。ぼくは毎日筋力トレーニングをしないといけないのでしょうか」

「ははは、そう言うだろうと思ったよ。でも、そうではないんだよ」

「でも、闘いなんでしょ。だったら、やはり腹筋でもしないと」

「いや、違うよ。第一、小川君がアユミさんと闘って勝つ可能性が少しでもあると思うかね」

「いいえ、でもそれじゃあ、どんな闘いなんですか」

「これを言ってしまうと面白みが半減するのだが、きっとこれから先も私に助言を求めるだろうから、少しだけ話してあげよう。それは桃香ちゃんのこれからのことだ」

「それなら、この前、ベンジャミンさんが面倒を見てくれると言われてました。それから大川さんとアユミさんが名古屋に行かれるので、桃香の相談相手になってくれると言ってました」

「で、小川君はどちらにつくのかな」

「えーーーーっ、ってことはふたりが桃香を奪い合いをすることになるんですか」

「簡単に言うとそういうことだ。最初は水面下でやり合うので周りは気づかない。でもある時に……」

「だいたいわかりましたが、でもなぜピアニストのアユミさんがヴァイオリニスト志望の桃香に干渉するのか……」

「まあ、そのうちわかるから、これくらいにしておくさ。もやもやした気持ちも少しは晴れただろうから、さあ起きた起きた」

小川は目を開いて、起き直ると『ニコラス・ニクルビー』の最初の四章を一気に読み終えた。

小川は周囲に客がいないのを確かめて、独り言を言い始めた。

〈でも、この話のどんなところを参考にすればいいんだろう。主人公ニコラスの伯父さんのラルフは典型的な悪人だが、父親を亡くした母子三人は他に頼る人がなく、藁にもすがる気で訪問したようだ。結局、叔父が母と娘の面倒は見ることになるが、ニコラスは遠く離れたヨークシャーの学校で働くことになる。その学校の校長が叔父に輪をかけたような極悪人……。多分、この悪人どもがやっつけられて、溜飲が下がるというパターンの小説の気もするが……。先生がこの小説を参考にするようにと言われているのだから、じっくり読ませてもらおう。きっと時々夢に現れて、ほのめかしもしてくださることだろう。じゃあ、今度は相川さんからの手紙を読むことにしよう。どれどれ〉

32

小川は相川から来た手紙を開封すると、いつも通り原稿用紙に書かれた小説を読むのは後にして、便箋に書かれた文字を読み始めた。

小川弘士様

早いもので、深美ちゃんが東京に出発されて三ヶ月が経過しました。ロンドンにいる時はしばしば深美ちゃんと会っていたので、心にぽっかり穴があいてしまったようで、さみしい気持ちになることがあります。それでももうすぐしたら日本に帰れると思いますので、その時には今まで通りに家族同士の親交を深めていきたいと思います。

この前のベンジャミンからの手紙で、桃香ちゃんがベンジャミンのところでヴァイオリンの英才教育を受けることになり近く名古屋に桃香ちゃんだけが行くことになったと知りました。と思っていたのですが、昨日届いた大川さんからの手紙では名古屋に転勤になり、ご夫妻で名古屋に行くと書かれてました。きっとおふたりは桃香ちゃんのために日常生活だけでなく、音楽教育についても骨を折ってくれることだと思います。私も名古屋に出先機関があればそこで働くのですが、残念ながらありません。それでも日本に戻ったら二ヶ月に一度はベンジャミンのところへ行こうと思っています。

桃香ちゃんはしっかりしているとはいえ、まだ中学生なんですから、ご両親がしっかり支えていただくよう私からもお願いしておきます。将来、大きな花を開かせるためには、今が大事だと思います。時間を有効に使う方法を会得することがなにより大切ですが、ベンジャミンは時間の管理がきちんとできるので、小川さんが期待される以上の成果を挙げてくれると確信しています。あとはアユミさんが好まれる天才的な手法を身につけることができれば、近い将来に日本を代表するヴァイオリニストとなり、大学を卒業する頃には世界に羽ばたくことにきっとなると思います。

相川隆司

〈いつもながら、相川さんの指摘は鋭い。まるでぼくが夢の中でディケンズ先生と交わした会話を知っているかのようだ。とにかく大川さん、ベンジャミンさん、どちらも大切な友人なのだから、アユミさんをなんとか説得して桃香をきちんと導いてやらねば。では、小説を読むとするか〉

『石山はしばらくあんぐりと口を開けて俊子の母親を見ていたが、暗い夜道の闇の中に俊子の母親の姿が消える前になんとかしなければ、一巻の終わりだと思った。あたりを見回すとバナナの叩き売りのおじさんのような格好をした六十才くらいの男性がリヤカーを引いているのが目に入った。石山は、駄目で元々と思い切って交渉してみた。

「ご、ご主人」その男性はまさか俺のことではないだろうと周りを見ていたが、石山が自分の方を見ているのに気付き、返事した。「やぁー、あんた、わしぁー、そんなええもんやねぇで。きっと、なにか魂胆があるんじゃろ。えんりょうせんでもええけ、言ってみんしゃい」「実は、私はいま人生で最も大切な……」「御託はええけ、用件だけを言ってみんしゃい」「わかりました。実は、非常に言いにくいことなのですが、あなたのリヤカーを貸していただきたいのです。前を走る女性に追いつくためにリヤカーが必要なんです」「いいよ。でも、借りてる間は、そんな服は却って邪魔じゃろう。わしがそのこっぽりと一緒に預かっちゃろう」「わかりました。でもこの服は一張羅なので、差し上げるわけにはいきません。服と靴はお貸ししますが、必ず夕方五時にはここに戻りますので、お返しください」「よーし、そんなら、このらくだの上下と腹巻き、それから孫からもらった体育館シューズを貸したるで、ほれ。…………。よし、着替えたな。じゃあ、わしも午後五時にはここに来るけ。あんたも」「もちろん、この格好で夜行バスに乗るわけにはいきませんので必ず戻ってきます」と言うが早いか、石山は荷物をリヤカーに乗せ、俊子の母親の後を追った』

33

小川は、相川が書いた小説を読んで何度も吹き出しそうになったが、隣の席におばさんが座ったので握りこぶしを口に当てて堪えた。

〈それにしても、相川さんの小説はどこまで面白くなるんだろう。最初は、おまけのようだったのが、今では次はいつ読めるのかと楽しみにしている。ぼくの小説も、相川さんにそう思わせるようになれると良いのだが。先に手紙の返事を書いて、そのあとで久しぶりにぼくも小説を書いて読んでもらうことにしよう〉

相川隆司様

お手紙ありがとうございました。いろいろ心遣いをしていただき、本当に感謝の気持ちで一杯です。深美は帰国後すぐに都内の私立高校に入学が決まり、今は学校生活にも馴染み、友達もたくさんできたと言っていました。これから一年間頑張って、秋子と私の出身大学である京都のR大を目指すと言っていましたが、どの学部かは迷っているようです。私たちが学んだ法学部にするのか、文学部にするのか。とにかく大学生活でいろいろな経験をして、深美の音楽活動によい影響を与えればと思っています。桃香は、お手紙にもありましたように、名古屋で音楽漬けの日々を送ることになりました。大川さんとアユミさんも名古屋で生活されるということで心強いのですが、私がなかなか名古屋に行けないのでそのあたりが少し心配なところです。でも、相川さんも二ヶ月に一度は桃香を訪ねてくださるとのことですし、ベンジャミンさんも今まで通りに秋子が中心になってやっているアンサンブルの指導もしてくださるということですから、おふたりからも桃香の様子について伺おうと思います。

秋子はしばらくは娘ふたりのことで手一杯ですが、子供たちの学生生活が軌道に乗れば、自分の音楽活動を本格的に始めると言っており、その際には私は原稿の作成や司会などで協力しようと思っています。

相川さんの小説を楽しく読ませていただきました。今後、どのようになるのか楽しみです。相川さんの小説のようにはうまく行かないでしょうが、私も頑張ろうと思います。少し書いてみましたので、お読みいただいてご感想をお聞かせください。

もうすぐ暖かい季節がやってきますが、私の周りでもいろんな花が咲くことが期待されるので、私はその蕾を励まし温かく見守って毎日を過ごそうと考えています。

今後ともいろいろお世話になることと思います。お身体に気をつけて。

小川弘士

『土曜日の午後に図書館で『クリスマス・キャロル』を借りようと家を出て、図書館に行く道を歩いていると向かい側に正直人さんがやってくるのが見えた。ぼくは正直人さんが手に本を持っていたので、その本は何ですかと尋ねてみた。「もちろん、『クリスマス・キャロル』だよ。そうだ、ちょうどいい。あれからいろいろ考えてみたんだけど、やっぱり、語りと劇で構成しようと思うんだ。前にも言った通り、百ページほどの中編小説を四分の一くらいの長さにして、しかも語りの部分と劇にしないといけないから大変だ。とりあえず、最初の語りを考えてみたから、聞いてくれないか。その後の部分は、これからふたりで検討することにしよう」「わかりました」正直人さんは、それから語りの部分を聞かせてくれた。

「この物語は今から二百年以上前に生まれた小説家チャールズ・ディケンズというイギリスの小説家によって書かれました。ディケンズはたくさんの楽しい小説を書いていますが、特に登場人物の描写に優れ、この『クリスマス・キャロル』の主人公スクルージはディケンズの小説の中で最も印象に残る登場人物と言えると思います。この小説は、スクルージが四人の亡霊との対話を重ねるうちに改心し、昔あった人間らしさを取り戻して行くといった内容なのですが、そのうち亡霊のひとりはかつて一緒に仕事をしていたマーレイの亡霊です。マーレイはスクルージに改心してもらうために、信じられないことですが、クリスマス・イヴの夜に亡霊となって彼の前に現れるのです」正直人さんは原稿を読み終えるとぼくに尋ねました。「このあとどうするかなんだけど」「ぼくは、まだ全部読み切っていないけど、マーレイが登場するところは楽しいし、語りだけで済ますというのはもったいない気がします。

でも……」「でも、なんだい」「多分、こんなに長い説明はない方がいいような……」「じゃあ、どんなのがいいのかな」「ぼくは、中学校の文化祭だから、出だしはこんなのがいいと思います。『この物語は、欲深い金貸しの老人の話です。名前はスクルージといいます。クリスマス・イヴだというのにお金のことばかり考えています。幸せな家族が楽しそうにしているのに我慢ができずに嫌がらせをしたりします。そんなスクルージを驚天動地の世界に案内して立ち直らせようと考えたのは、な、なんと、七年前に亡くなったマーレイでした。マーレイは地獄の住人が罰として負わされる鎖を体に巻いて現れ、スクルージの度肝を抜きます』」「はじめくん、君の言う通りだ。これから君のことを、プチ文豪と呼ぶことにしよう」ぼくは、少し照れくさかったのですが自慢したい気持ちもあり、思わず椅子からお尻を浮かせて、右手の人差し指の腹を頬に当てたのでした』

34

小川が帰宅すると、深美も家に帰っていた。秋子はアンサンブルの仲間と音大で稽古していて、不在だった。今日はベンジャミンも、アンサンブルの指導のため名古屋から稽古の会場に来る予定とのことだった。

「お父さん、案外早かったのね。手紙の返事と小説を書いて、相川さんに送るって言っていたけど、できたの。確かそれから、ヴィオロンに行くと言っていなかったかしら」

「朝、出る時にはそう言ったけれど、深美とふたりで話をしたいと思って帰って来たんだよ」

「ふーん、私は別にお父さんに話したいことはないけど……。それって、将来のことなの」

「まあ、近い将来のことについてさ。今、高校三年生に編入して、日本の高校生活を楽しんでいるんだろうけど、うまくいっているかい」

「そうね、友達もできたし、私がピアノの勉強でイギリスにいたということを話したので、私のピアノを聴きたいという先生や生徒がたくさんいるわ。今のところ、秋の文化祭で演奏させていただくことになっているわ」

「そうかい、それを聞いて安心したよ。それじゃー、もう少し先のことだけれど」

「大学受験のことね。それなら、夏休みに入ったら、勉強を始めようと思うの。私の学校の一番の親友が京都の大学を受験すると言っているので、私と同じ大学を、つまりお父さんたちの出身校でもあるんだけれど、受験しましょうと言っているの。そうだ、彼は私と違って、お父さんたちと同じ法学部を受験するのよ」

「か、彼って……。手の早いやつがいるんだな」

「ふふふ、お父さん、想像力が人一倍あるからといって、乱用しないで。それは自分のことだけにしておいてね」

「…………。ところで、桃香のことなんだが、深美はどう思う」

「それって、ベンジャミンさんにつくのがいいのか、アユミ先生につくのがいいのかという話でしょ」

「ど、どうしてそれがわかったんだ」

「だって、アユミ先生は私が、今から五年後に大学を出るまでは、学業に専念して練習は必要最小限だけひとりでしますと宣言したものだから、熱心に指導できる生徒は桃香しかいないと思ったみたい。名古屋にいるベンジャミンさんのところで勉強すると予測できたので、ご主人に名古屋に勤務できるよう会社に頼めと言ったり、名古屋にいる音大の同級生にヴァイオリンを指導できる人を捜してもらったりしたらしいの」

「…………」

「このことは私がイギリスに行く時にお世話になったアユミ先生の先生から聞いたんだけれど、その先生は言っていたわ、応援してくれる人はたくさんあった方がいいし、いろんな先生の指導を受けるのもいい。でも、同じ時にふたり以上の先生に教えてもらうのは、やめといたほうがいいよと言っていたわ」

「ほう、それはなぜだい」

「クラシック音楽の解釈というのは、人によってさまざまでしょうし、さらに技術、技巧となるとさらに違うんじゃないかしら。そうした違う解釈や技術、技巧を一度に複数の先生から教えられると混乱するんじゃないかしら」

「深美の考え方だとふたりの先生が桃香の奪い合いをするみたいだが、お父さんはそうは考えていないよ」

「アユミ先生のご主人や相川さんもいるし、私たち家族も時々は名古屋に行くのだから少しは歯止めになるかもしれないけど、アユミ先生は、思い込んだらとことんまでやる人だから、共存は難しいと思うわ。いつかはお父さんの鶴の一声が必要になるかもしれないわよ」

「そうだね、明日からせいぜい発声練習をしておくよ」

35

小川が作ったカレーを深美が食べていると、玄関のチャイムが鳴った。

「きっとお母さんだわ。待ちきれなくて先に夕食をいただいたこと、叱られそう」

「心配ないさ。いつも定刻に帰るんだったら待ってもいいけど。七時まで待ってくれたことだし、お母さんも遅くなるようだったら、先に食べてと言っていたから」

「よかった。私、鍵をあけてくるわ」

玄関で男性の声が聞こえ、三人の笑い声がした。しばらくするとベンジャミンが台所に入る引き戸を開けた。

「オウ　オマエ　ゲンキやったか」

「やあ、ベンジャミンさん、お久しぶりです。家に立ち寄ったのは、何かワケがありそうですね」

「ソウやがな。実は、桃香ちゃんのことや。ウーン、カレーのいいにおい、私にもイタダケマセンか」

「日本では、カレーライスなんですが、イギリスではどうですか」

「私はどちらかというと、ライスよりナンの方がいいデスね。なかったら、食パンでもいいデスよ」

「じゃあ、これ、食パン。他には福神漬けと辣韮くらいしかないので、ご了承ください」

「おお、私、ラッキョ大好きです。ウーーーーン、ウマい！」

「ところで、桃香のことですが……」

「オオ　ソウデシタ。ソノことやが……。桃香ちゃんの才能は私のミコンだトオリでした。ですが、ここでひとつコマッタコトがオキました。ライバルが現れたんです」

「え、ぼくは音楽のことはあまりわかりませんが、切磋琢磨するということは、芸術の世界でもよくあることで、カラヤンとベームはライバルだったようだし、チェリビダッケなんかは、カラヤンに対して闘争心をむき出しにしていたようだし……。それはそれでいいことじゃないのかな」

「チャウよー、そら、ちゃいまっせ。私、私のことやがな」

「ベンジャミンさんとアユミさんのことですね」

「なんや、シッテタラ、はよイワンかいな」

「少しは予想していましたが、やはり、ご本人の口からそのことが聞きたくて」

「私は桃香ちゃんに少しでもカイテキにヴァイオリンの技巧を身につけてもらおうと、イギリスの先生をヨビヨセました。ところが、そのレッスンに来なかったのです。リユウはアユミさんのところでレッスンがアッタからでした。桃香ちゃんはドウニモ断れなかったヨウデス。その後もしばしば、ソウいうことがアリマス」

「ベンジャミンさん、ぼくはあなたに名古屋での指導をお願いしたはずです。あなたがアユミさんに会って、私が教育すると言えばいいんじゃないですか。言いにくかったら、ご主人に入ってもらうとかできるでしょうし」

「オオ　オオカワにも入ってもらいました。そしてカレも私の味方です。でもカチメはありません。ウチノメされてシマッタノです。それでオガワに入ってもらおうとオモイマシタ」

「私もお役に立てるといいんだけど。でもまずはお父さんに頑張ってもらおうかな」

「そうね、私と深美が後ろで一所懸命に伴奏を入れるから、主役のクラリネットが張り切るというのがいいと思うわ」

「オウ　それで決まりました。キット、ご家族も桃香ちゃんの名古屋での生活をシリタイでしょう。近いうちに名古屋にキテください。カンゲイしますノデ」

「よし、じゃあ、近いうちに三人でお伺いすることにします」

36

ベンジャミンは午後九時の新幹線で名古屋に帰ると言って、慌ただしく帰っていった。

「ベンジャミンさんは、一度、演奏会をしてみたらと言われていたけど、どう思う」

「私は、いますぐにでもやってみたいけど、子供たちが落ち着いてからゆっくり考えるわ。まず、桃香のことを解決して、来年に深美が大学に合格したら準備に入ろうかと思うの」

「準備って、どんなことだい」

「お父さん、音楽というのは、演奏家が自分で満足するだけでは駄目なの。お客さんや主催する人たちのよい反応を得られないと、続けられないものなのよ」

「お客さんを集めるだけでは駄目なのかい」

「ええ、いかに継続できるかは、ホールを運営する方たちといかにうまくやっていけるかじゃないかしら」

「深美は、ロンドンで自分の演奏会を何度もしたからそのことがわかるのね」

「じゃあ、お客さんは別に入らなくてもいいってことかい」

「そうじゃないわ。もちろんたくさん入ってほしいけど、いつもお客さんに喜んでもらえる曲を演奏できるかというとそういうわけにいかないの。新しい曲にも挑戦したいし。それにお母さんのアンサンブルの場合、一曲は全員で演奏する曲を入れるんだろうけど、弦楽四重奏プラスクラリネット、オーボエ、ファゴット、フルート、ホルンそしてピアノとなるとどんな曲があるのか……」

「心配しないでいいわよ。そのことなら、大川さんが協力するって、言ってるから」

「そうさ、大川さんはアユミさんには頭が上がらないが、編曲の腕は一流だからな」

「そこで今度名古屋に行くけど、大川さんに、アユミさんと一緒にベンジャミンさんの家に来るように言っておいてほしいの。アンサンブルの演奏曲で相談したいと言っていたと」

「で、そこでぼくとアユミさんと対決するわけだが……」

「まさか、お父さんと大川さんとベンジャミンさんがタッグを組んでも、勝ち目はないと思うわ。私にいい考えがあるの。腕力では勝ち目がないから、アユミさんを唸らせるようなことをして、お父さんのペースに引き込むのよ」

「ほお、それはどうするんだい。お父さんにできることかい」

「ええ、でもかなり練習はしないと無理かも」

「???」

小川は久しぶりに書斎で寝たが、眠りにつくとディケンズ先生が現れた。

「小川君は、せっかく『ニコラス・ニクルビー』を手に入れたというのに、なかなか読まないんだね」

「ええ、長い間手に入れることができなかったものですから、すぐに読んでしまうのが勿体なくて。それに……」

「それに何かな」

「それにこの本を読むと先生の長編小説はすべて読んでしまったことになります。いろんな訳が出ているので、またこれからも新訳が出るでしょうが、一通り読んでしまったら、次は何をすればよいのかと思うんです」

「ずっと前にも話したが、私の長編小説を全部読んでしまったから、さようなら、ということにはならない。新訳を読むのもいいし、短編小説や小説以外の私の作品を読んでもいい。また私についての評伝もいくつか出ているから、それを読むのもいいだろう。そんな私に関する作品を読んで、小川君が小説を書くというのも楽しみなことだし……。それと君のご家族の活躍も楽しませてもらっている。そういうことだから、君と別れることはまずない」

「そうですか、安心しました。そうだ安心ついでに、相談に乗ってほしいのです」

「きっと、アユミさんのことだろ」

「そうです。何か名案がありますか」

「秋子さんが言ったいい考えというのがベストだろう。ただ君には大きな負担となるだろうが、家族のためだ、頑張るんだ」

「何をするのですか」

「それは、小川君とベンジャミン、大川、相川が組んで、アユミさんを……。いかんいかん、これ以上言うと楽しみがなくなるから。その時の楽しみということにしてくれ」

「……………」

37

小川と秋子と深美は久しぶりに週末に時間が取れたので、名古屋で音楽の勉強をしている桃香を訪ねることにした。名古屋駅の改札口を出ると桃香がいたが、大川と相川も一緒だった。

「お父さんが、午前十時にここに来てというから、十分前にここに来たけど、アユミ先生のご主人と相川さんが先に来られていたのでびっくりしたわ」

「そうか、それは悪かったね。先に言っておいたら良かったね。なぜここに来てもらったかというと、今日の役者の人全員と事前に打ち合わせをしておきたかったからなんだ」

「打ち合わせって、何の」

「まあ、桃香の将来のためになることをみんなでしようというわけさ。アユミ先生ともベンジャミン先生とも仲良くやっていけるようにひと芝居するわけさ。でも、アユミ先生は口先だけでは納得しない厳格な人だから、口から出た話にこれからみんな拘束されることになるんだが……。ところで相川さん、今日のことはベンジャミンさんに話してあるのですね」

「もちろん、午前十時三十分にここに来るように言っていますので、手っ取り早く打ち合わせを済ましておきましょう」


「そんなこと無理だと思うな。お父さんは週末忙しいし、アユミ先生のご主人もヴィオラを弾けるのかしら。相川さんのピアノは大丈夫だろうけど。第一、三人が揃うことはほとんど……」

「桃香、これは、お母さんの提案なんだ。モーツァルトの「ケーゲルシュタット・トリオ」を三人で演奏しようというのは。お母さんは高校時代に仲間とこの曲をよく演奏したそうだが、ぼくはメロス・アンサンブルの演奏を何度かレコードで聴いたくらいかしら」

「みなさん、安心して、小川さんの指導は私がさせていただきますので。それから大川さんの指導はベンジャミンさんにお願いしてあるの。で、この曲を何とか小川さんが演奏できたら、桃香の指導をベンジャミンさんに任せてとアユミさんにお願いしようと思うの」

「難しい曲よ」

「この曲を一年間で演奏できるようになったら、アユミさんはきっと、それは無理だと言うから、もし仮にそれができたら、桃香の音楽教育の主導的役割をするのはベンジャミン先生ということに了解してもらうの」

「でも、そんな提案にアユミ先生が耳を傾けてくれるのかしら、今日、両親だけでなく相川さんやベンジャミン先生もお邪魔すると知ったアユミ先生は、これはきっと何か企んでいるわと言っていたわ」

「家では企みはたたき壊してやるわと言っていましたが……。あっ、ベンジャミンさんが来ましたよ」

「オウ、ミナさんおソロイですね。私のためにいろいろカンガエていただいてアリガトウございます。このシュウタンバじゃなくてシュラバをくぐり抜けたら、ミナサンに感謝します。ヨロシクご協力ください」

「そういうことだから、みんな張り切って行きましょう」

「それでは、ミナサン、行きますヨ。エイエイオー」

「お母さん、お父さんたち、すごい気合ね」

「ふふふ、でも大切なことだから、モチベーションは高い方がいいと思うわ」

38

小川が七人を代表して玄関のチャイムを鳴らすと、アユミが玄関の扉を開けた。ふたりは戦闘前のプロレスラーのように向かい合って立ち竦んでいたが、裕美と音弥が、お母さん、どうしたのと言ったので、仕方なくアユミは客たちを家の中に入れた。

「アユミさん、今日、こうしてみんなでここにお伺いしたのはお話があってのことです。実は、桃香のことなんです」

「ふん、あんたが言いたいことはちゃんとわかっているわ。あなた、私のやってることが気に入らないって言うんでしょう。でも、私がやることに間違いがないことは、あなたの娘さんが成功したということで証明されていることだし、音楽教育の部外者のあなたに偉そうに指示される筋合いはないわ」

「確かにおっしゃる通りですね……」

「お父さん……」

「あなた……」

「小川さん……」

「オガワ……」

「いやいや、今日はあなたと口論をしに来たのではありません」

「それじゃあ、私と勝負するというのね。なんなら、そこにいる主人とタッグを組ませてあげるわ。さあ、かかってきなさい」

「まさか、本気じゃないでしょう。こうしてみんなで来たのは、話し合いをしたいと……」

「何を話すと言うの。上手いこと言って、私の意志を曲げさせようと……」

「それは違うわ、アユミさん」

「秋子、あなたもふたりの娘さんも、このよったりの言い分に賛成なの」

「ええ、でもそれを受け入れるかどうかはアユミさんが決めればいいことじゃない。とにかく話を聞いてちょうだい」

「わかったわ。でも、嫌なものは嫌と言うから」

「それでは順番に話していきましょう。私は、ふたりの娘の教育を秋子に任せて来ました。休日も出勤しなければならないサラリーマンには、子供の教育に助言をする機会はありませんでした。そういうわけで、ふたりの娘の教育は秋子がしてきました。幸い、秋子が音楽好きなこともあり、音楽性豊かな少女に成長し、深美はすでに頭角を現し、アユミさんの助言を得てイギリスで活躍することができました。どうしても日本の大学で文学などを学んでから演奏活動に戻りたいと言って、今は音楽活動を中断していますが、大学卒業後は、再びアユミさんや立派な音楽教育者の助言を得て活動を再開したいと……」

「あなた、もっと手短かに話したらどうなの。みんな欠伸をしているわよ」

「私はあなたに、順番に話すといったはずです。最後まで静かに聞いてください」

「……」

「そういうわけで深美がピアニストとしての活動を再開したら、きっと深美はピアニストでありピアノの先生であるアユミさんの助言を求めることになるでしょう。このことは間違いありませんので、今ここでお願いしておきます。ところで桃香のことですが、こちらは私の友人であるベンジャミンさんがその才能を見込んで中学三年生だというのに若年で英才教育をすると言ってくださっています。将来性があるから、積極的にできるだけの音楽教育ができるよう骨を折ると言ってくださっています。このベンジャミンさんの提案を私たち家族は受け入れ、桃香がその音楽教育を受けられるように名古屋に来させました。決してアユミさんに、思い通りに桃香を教育してくださいと言った覚えはありません。私は音楽に関しては門外漢ですが、ピアニストとヴァイオリニストは全く異なった音楽的才能を持った人で、ひとりのキャラクターを持った人が同時にピアニストとヴァイオリニストを教育することは無理なことだと考えています。それならその人が得意な楽器演奏の指導に専念していただき、もう一方はその専門的知識を持った別の音楽教育者に任せる方がよいと考えました」

「だから、私は桃香ちゃんを諦めろと言うのね」

「もちろん、ただでというわけではありません。アユミさんに断腸の思いをさせるのですから、ぼくも汗をかかなくてはと思うのです。それで……」

「何をするの」

「ご主人と相川さんと私とで、モーツアルトの「ケーゲルシュタット・トリオ」をアユミさんの前で演奏できるように頑張ろうと思うのです。いつまでも私だけが門外漢のままではどうかと思いますし……」

「……」

「どうですか、私たちの提案は」

「それじゃあ、一年後にもう一度ここで会いましょう。あなたがどれほど練習したかだけでなく、どこまで到達したかを見て合否を判定します。もし駄目なら、あなたは他のみなさんに大迷惑をかけてしまうんですが、それでもいいんですね」

「もちろん、そ、それでいいです」

39

アユミが、来客があるのでお引き取りくださいと言ったので、アユミの夫以外の六人は外に出た。六人がアパートの階段を下りたところでこれからどこに行くか話し合っていると、アユミの夫が下りてきた。

「多分、これから重要な会議が執り行われると思いますので、私も出席することにしました。どうです。私がいつも行くスポーツジムに行きませんか」

「オウ　私、フトリ気味なのでチョウドヨカッタデス」

「大川さん、まさかみんなで一緒にスクワットをしましょうと言うんではないでしょうね」

「ははは、本当はそうしたいところですが、私も少しは良識を持っているつもりです。ここにBärenreiter社の「ケーゲルシュタット・トリオ」の楽譜を持ってきました。これを見ながら作戦会議を開催しようと思うのですが、いかがですか」

「もちろん、喜んで」


秋子と深美と桃香は、先に桃香の寄宿舎に行き男性四人とは近くの駅で別かれた。小川、大川、相川そしてベンジャミンの四人はその近くにある大川が会員になっているスポーツジムに入った。談話室には誰もいなかったので、そのひとつの机を独占して作戦会議を始めることにした。もう一度、四人が赤い表紙の楽譜を回覧し終えると大川が話し始めた。

「どうですか、小川さん。この楽譜には、クラリネットとヴィオラのパート譜がついているから、それもご覧になってください。繰り返しがありますが、三つの楽章全部が四ページに収まります。六四分音符の四連符や長々と続く音階がいくつかありますが、全く歯が立たないということはないと思います。最初は譜面を見ながら、メロス・アンサンブルなどの演奏を聞かれて、少しずつ曲に慣れていかれればよいと思います。この曲ばかりを練習されていれば、基礎的なことは身につけておられるから、三ヶ月ほどで一通りは吹けるようになるでしょう。それから後は、必ず暗譜で演奏できるように頑張ってください。楽譜を目で追って、それから指を動かすのでは遅すぎます。半年したら、一度三人で集まって練習しましょう。私もヴァイオリンを少しは弾けますが、ヴィオラは触ったこともないので、かなり練習しないと……」

「ソレナラ、ダイジョウブです。私がれっすんシマショウ」

「ありがとうございます。ところで、相川さんはどうですか」

「実は私はおふたりとこの楽しい曲を演奏できるんで、うれしくてしょうがないんです。ご存知のように、ケーゲルシュタットというのは、十九世紀の頃に流行った、九柱戯というボウリングの前身の遊戯で、第一楽章なんかは、モーツァルトがボウリングの玉のようなボールを持って、狙いをつけているようなイメージを持つのです」

「ほう」

「以前から、私は三人でこの曲ができたらいいなと思っていたので、喜んで協力させていただきますよ。三度のごはんより優先させるつもりです」

「わあ、有難いな。じゃあ、ぼくはひたすら練習して、みなさんのご期待に添えるよう頑張ります」

「それに秋子さんというクラリネットに精通した方が同居されていることだし」

「そうですね。確かにそうですね」

40

小川とベンジャミンは大川と相川に別れを告げると、ベンジャミンが教鞭をとる大学に向かった。桃香の寄宿舎はそのそばにあった。

「オガワはナゴヤは初めてですか」

「いいえ、大学時代に一番親しかった友人が愛知県安城市の出身で大学を卒業してから何度か訪ねたことがあります。明治村、リトルワールド、日間賀島なんかに車で連れて行ってもらったことがあるんですが、ぼくが結婚してからは疎遠になってしまって、今は年賀状を送るくらいになってしまいました」

「私も大学時代に親しくしていたユウジンがいました。オガワと同じようにディケンズとクラシック音楽が好きでしたが、今はもうイナイのです」

「どういうことですか」

「私が日本に来てしばらくして事故で亡くなったのです」

「えっ、そうなんですか」

「ユウジンも日本に興味を持っていて、私が日本に慣れたら彼を呼び寄せるつもりでした」

「その友人も音楽をされたのですか」

「ええ、カレはピアニストでした。オサナイ頃からのトモで、私の伴奏をよくしてくれたんです。私が勤めるオンダイでピアノの先生の求人があったので、カレにすぐに連絡しました」

「きっと楽しみにしていたんでしょうね」

「ソウです。トッテモ楽しみにシテいたんです。この日本で演奏家としてやっていけるかもしれないとオモウト、幸福でした」

「でも、今は教職をされているんですよね」

「オウ、タシカニソウですが、よき伴奏者に恵まれたら、演奏家をシテミタイ気持ちはアリマス」

「どんな曲を演奏されるのですか」

「私はヘソ曲がりナノで、オーケストラとはうまくいきません。室内楽をシタイですネ。ピアノの伴奏者もウマが合わないとダメでしょう。それにナニより私を引き立ててくれることがアキラカでないとヤル気はありません」

「なるほど、で、そのような人はその幼い頃からの友人の方以外に……」

「オウ、それはいますが、とてもイイダセマセン。カンベンしてください」

「な、なぜ、赤い顔をされるのですか。あっ、あれは秋子と子供たちだ。おーい、ここに、お父さんはいるよ。ベンジャミンさん、じゃあ、ぼくはここで家族と合流することにします。でも、その前に言ってください。ウマが合いそうなピアニストを」

「ソ、ソレだけは、ヤメといたほうが……」

「いいから、いいから、ぼくは何を言われても平気ですから」

「ソウでっか、ホナ、イイマスよ。ソレはアユミさんです」

「えーーーーーっ、おーい、みんな、すぐに来てくれ、そうしてぼくの頬っぺたを抓って夢から覚ましてくれ」

「お父さん、どうしたの」

「桃香、聞いてくれ、ベンジャミンさんが今、なんと言ったと思う」

「そうね、お父さんが驚いているところから推測すると、アユミ先生と一緒に演奏したいと言ったんじゃない」

「な、なんだ、知っていたのか」

「ふふふ、そのコンビの可能性は未知数だけれど、ふたりとも円熟の境地だから、私も是非聞いてみたいわ。ベンジャミンさんもそうですよね」

「アキーコの言うトオリじゃが」

「でも、今は敵同士じゃないのかな」

「私は音楽家ではないから、憶測にすぎないんだけど、芸術のためなら、愛憎というアンビバレンスな感情があっても一緒に演奏することはあるんじゃないかしら」

「そうなのか、そういう考え方をアユミさん、ぼくにしてくれないかな」

「そうね、そのためにも一所懸命クラリネットの練習をして、「ぼくだけ門外漢」を返上しないとね」

「…………」

41

小川と秋子は深美（しばらく桃香と一緒にいたいと言った）と桃香と別れた後、午後八時過ぎの新幹線で帰ることにした。地下鉄のホームで名古屋駅行きの電車を待っている時、小川は秋子に話し掛けた。

「今日、アユミさんに会ってあれだけ真剣に桃香のことを考えてくれているのなら、桃香のことを任せてもいいんじゃないかと思ったんだけど、秋子さんはどう思う」

「私、いつもは小川さんの考えに賛成なんだけど、それには賛成したくないわ」

「どうして」

「それは小川さんがアユミさんに言ったことと同じだわ。桃香にはベンジャミンさんという立派な先生がいるし、自分で演奏したことがないヴァイオリンという楽器の指導を知り合いの先生に依頼するわけでしょう。深美の時のようにうまくいかないと思うわ。

小川さんは、譲歩しないで、アユミさんに宣言したことを実行できるように頑張ればいいと思うわ」

「なるほど、そのとおりだね。大変だろうけど、頑張るよ。あっ、電車が来たよ」

名古屋駅まで二駅だったので、ふたりはシートに座らずに周りに人がいないドアのそばで話を続けた。

「アユミさん、約束は守る人だから、きっと明日から一年間は桃香にヴァイオリンの教師を紹介したりはしないでしょう。でも……」

「でも、ぼくの演奏が不出来で否の判定だったら、その時はみんなに迷惑を掛けてしまうね」

「そうね、アユミさんは自分に厳しい人だけど、一旦自分で言い出したことを守らない人にはそれは厳しい……」

「秋子さんが言おうとしていることはわかるよ。でもどれくらいの演奏を期待しているんだろう」

小川が考えを纏めようと何げなく窓の外を見ると、ディケンズ先生がいて話し掛けてきた。

「最近、私の出番がなかったが、久しぶりにチャンスをもらったようだね」

「先生、夢の世界から抜け出して、アドバイスをいただくのもいいですが、目の前に秋子さんがいるんですよ」

「それは気にしなくていい。彼女は鋭いから、小川君が私からアドバイスをもらっていると思ってくれるよ」

「それだといいですけど。で、どうすれば、この窮地を抜け出せますか」

「さっき、ベンジャミンがアユミさんと一緒に演奏したいと言っていた。秋子さんとアユミさんは今回のことがあってからも変わらない友人同士だ。大川はアユミさんに頭が上がらないが、仲の良い夫婦だ。相川のピアノ演奏はアユミさんも舌を巻く程で、アユミさんも一目置いている。深美ちゃんは大学で勉強するが、入学したら少しはピアノの勉強をするだろう」

「いくつかのエピソードがアユミさんとぼくの周りで同時に進行しているということですか」

「そうだ、君が一年後にアユミさんから及第点をもらうかどうかも、エピソードのひとつだ。真剣に取り組むというのはもちろん大切なことだが、普段から視野を広く持って、他のエピソードも上手くいくようにしていれば、相互に関連しているから波及して他のエピソードによい影響を与えることだろう」

「なるほど、なんとなくわかりました。レッスンだけではなく、他のことでもアユミさんに好感を持ってもらえるよう頑張ることにします」

「そうだ。君もアユミさんに苦手意識を持たないで、どんどん話し掛けるといい。それにいつまでも蚊帳の外ではつまらないだろう。これを機にクラリネットもしっかり練習するといい。秋子さんが今まで以上に力になってくれるだろう。夫の窮地なんだから」

Dickens

「あら、小川さん、何か言った。今、考え事をしていたから、聞き取れなかったの」

「ああ、ディケンズ先生ならどんなアドバイスをしてくれるだろうかと思っていたら……」

「アドバイスをいただいたのね。どうおっしゃったの」

「ひとつの問題を深刻に受け止めるのではなく、人同士の付き合いはいくつかの側面があるから、そのどれかを糸口にして関係を改善すれば、明るい展望が開けると……」

「そのとおりだわ。でも、せっかくの機会だから、クラリネットもしっかり練習してね。応援するから」

「もちろんさ」

42

桃香の宿舎を訪ねた次の日曜日の朝、小川は秋子とともに秋子が勤務する音大へと向かった。道すがらふたりは話が弾んだ。

「今日から、いよいよ練習に入るんだね。マウスピース、リガチャー、リードだけでいいって言ってたけど……」

「そうよ、しばらくは、タンギングが正確にできるようにそれから正しいリズムで演奏できるように頑張って。三ヶ月くらいかしら。そうしてそれができたら、この曲のポイントを私が指導するわ。その後はアユミさんのご主人と相川さんとの合奏に移るんだけど……」

「ど、どうしたんだい」

「この最初の関門が突破できるかにすべてがかかってると思うわ」

「どうして」

「まあ、試しに一度聞いてみて」

秋子は音大の近くの児童公園のベンチに小川を連れて行き、マウスピースにリードとリガチャーを取り付け、「ケーゲルシュタット・トリオ」の楽譜を開いた。

「三ヶ月間はこれだけで練習してね。こんな感じで」

「上管と下管とベルはつけなくていいの」

「ええ、リズムに合わせて、正しいアーティキュレーションで演奏できるように。そうだわ、携帯用の音楽プレーヤーを聴きながらそれに合わせて演奏してもいいんじゃないかしら。時には歌っても。こんな感じよ」

「うーむ、これだとどんなアーティキュレーションをしているかがよくわかるよ。こんなに舌を付けたり引っ込めたりするんだね。それに正確にメトロノームに合わせるのは大変だな」

「まあ慣れるまでは大変だろうけど、地道にやるしかないわ。初心者と中級者の違いはやっぱりアーティキュレーションが正確にできるかどうかじゃないかしら。それからリズムが合わないと一緒に演奏する人に迷惑を掛けることになるし」

「相川さんも大川さんも貴重な時間をぼくのために使ってくれるんだ。それに三人でモーツァルトの憧れの曲を演奏できるんだから、一所懸命に頑張るさ」

「頑張ってね。それからこれはご参考までにということなんだけど」

「なにかな、アユミさんのことかな」

「ええ、実はアユミさんが大切にしている本があるんだけど、本好きな小川さんの参考になるんじゃないかと思って」

「音楽家の自叙伝とかかな」

「内容は知らないけど、本のタイトルは『真実なる女性　クララ・シューマン』、それから、著者は確か原田光子さんって言っていたわ。風光書房なら、クラシック関連の図書もたくさんあるから購入できるんじゃないかしら」

「わかった。近く訪ねてみるよ。さあ、着いたけど、ぼくはどうしたらいい」

「私たちが利用するスタジオの横に、少人数で練習するスタジオがあるの。最初の三ヶ月はさっきも言った通り、そこでアーティキュレーションを練習するの。二時間ひとりで練習したあとで、私が少し指導するわ。その後一時間練習して、小川さんは帰宅して。でも三ヶ月したら、私がずっと横にいてマンツーマンで指導するから。この時は夕方までみっちり練習しましょ。そのあとは相川さんと大川さんと三人で心ゆくまで練習するといいわ。もちろんたまには練習しているところを見せてもらうわ」

43

小川は久しぶりに仕事が早く終わったので、帰宅前に風光書房に寄ることにした。店に入ると、店主が小川の到着を待っていたかのようにレコードを掛けた。

「やあ、小川さん、お久しぶり。ところでこの曲、知っていますか。知らない、それじゃあ店内の本でも見ながら、最後まで聴いてみてください。二十分余りの曲ですから」

「わかりました。じっくり聴かせていただきます」

その後も来客はなく小川は余韻を味わった後、店主が待つカウンターに行った。

「ロマン派の作曲家だと思いますね。ピアノが主役でオーケストラが添え物みたいなところは、ショパンの二つのピアノ協奏曲のようですが……」

「うんうん、それから」

「全体に流れるやさしい甘美なメロディは雄々しいところが少しもない。男性が作曲したのかな。メロディはシューマンやブラームスの旋律に似たところもあるなあ。全体的には、シューマンのピアノ協奏曲に似ているかな。そうだ、シューマンの奥さんのクララはピアニストで作曲家でしたね。ピアノ協奏曲やピアノの小品を残しているというのを何かで読んだことがある。もしかして、クララ・シューマンのピアノ協奏曲ではないんですか」

「当たりー。そのとおりです。ほんとに初めて聴かれたんですか」

「そうです。でも後半のところはシューマンそのものという気もします」

「おっしゃるとおりです。この曲は十三才の頃にクララが作曲した後、シューマンの指導を受け手直しした作品です。シューマンはクララが八才の初舞台の半年程前にクララの父親のフリードリヒ・ヴィークが開催する音楽家の集まりに参加したのでした。

それから後、クララはシューマンのことを常に好意を持ってながめていたようです」

「シューマン、ブラームスという偉大な作曲家のそばにいて様々な計り知れない影響を与えた女性ですが、演奏家として彼らにどのように接したかということに非常に興味がありま す」

「そう言われると思いました。実は、前に小川さんが来店された時に、『ブラームス』ガイリンガー著　山根銀二訳を購入されたので、この本にも興味を持たれるのではないかと思いました。来店されたら、くだんの音楽をファンファーレのように掛けてその本をお出ししようと思っていたのです」

店主が差し出したのは、この前秋子が話していた『真実なる女性　クララ・シューマン』原田光子著だった。

「おお、これこそ、探していたもの、今日の目的だったのです。もう少し、クララ・シューマンとこの本について話してもらえませんか」

「いいですよ。クララは父フリードリヒに英才教育を受け、八才の頃から演奏家として活躍しています。当時はリストが自作自演して煌びやかな音楽を演奏するのが流行っていましたが、クララは当時ほとんど演奏されなかったJ．S．バッハやベートーヴェンこそ優れた作曲家だと確信して、常に演奏会で取り上げたのです。もちろん後に夫となるシューマンのピアノ曲を取り上げ、夫が有望な作曲家と思わせたのもクララでしたし、がさつな田舎者だったブラームスを一流の音楽家にしたのもクララでした。

　原田光子さんは三十七才という若さで亡くなられましたが、いくつかのクラシック音楽に関する名著を残されています。彼女の透明な文体は親しみやすく、心に訴えるものがあります」

「なるほど、でもご専門のフランス文学でもないのによくご存知ですね」

「私は大学に入った頃から、大学の近くの名曲喫茶に入り浸って、SP盤やLP盤を聴きながら、クラシック音楽の著書のページをめくったものです。山根銀二さんや原田光子さんの著書もそこに置いてあって、当時よく読みました」

「うーん、いい話だな。若い頃に親しんだ本が今でも心に残っているなんて。それも小説ではなくて伝記なんだから。ありがとうございます。この本、謹んで購入させていただきます」

44

小川は風光書房を出た後、すぐに家に帰らずに名曲喫茶ヴィオロンに寄ってシューマンの曲を聴いて帰ることにした。

「明日は土曜日だから、半日程、会社で仕事をして帰るとしよう。帰りしなに秋子さんから与えられた宿題を会社近くのスタジオでやってみよう。そうだ、慣れるまでは暇を見つけてはアーティキュレーションの練習をすることにしよう。それからさっき購入したクララ・シューマンの伝記もアユミさんと仲良くなるきっかけを作ってくれるかもしれないから、暇を見つけては読むことにしよう。でもこの本の活字は今の文庫本の活字が十ポイントとしたら、六ポイントくらいしかない。しかも二段だから、三百ページ足らずだけれど読むのに時間がかかるかもしれないなあ」

小川が苦悩の表情で原田光子著の本を見ていると、マスターが注文を取りにやってきた。

「今日は、何にされます」

「ホットをください。それから、リクエストを掛けていただけますか」

「ええ、今のところ大丈夫ですよ」

「ディヌ・リパッティのシューマンのピアノ協奏曲を掛けてください」

「承知しました」

〈やはり、クラシック音楽を集中して聴けるのは、五十分くらいかな。クラシックの名曲に四十~五十分というのが多いのも頷ける。そうだシューマンのことをちょっと思い出してみよう。シューマンは最初ピアニスト志願だったが、右手の薬指を痛めて夢を断たれた。そのため作曲に専念することになったんだった。クララとシューマンが知り合ったのはクララの父親が主催する音楽家の集まりでであったが、当時八才だったクララは初対面の時からシューマンを慕うようになり、やがてふたりが結婚したのは当然の成り行きだったと言える。クララの父親はふたりがつき合うのを心良く思わなかったので、クララが十六才の頃からは父親の目を盗んではこっそり会ったり、人を介して手紙のやり取りをするようになる。やがてクララが二十才になると父親と離別し、ふたりはドレスデンで新婚生活を始めることになる。シューマンはクララに多くの自作の曲を演奏してもらったが、中でもシューマンが二十七、八才の頃に作曲した「子供の情景」と「クライスレリアーナ」は「謝肉祭」と合わせて、シューマンのピアノ独奏曲の中では傑作と言える。シューマンはその後歌曲の作曲も手がけ、クララと結婚する時には「ミルテの花」という歌曲集を最愛の妻に贈っている。クララが長女を出産するとクララの父親から仲直りしたいとの申し出があり、シューマン夫妻は落ち着いた生活に戻ることができた。しかしそのころからシューマンは精神的に不安定になり、音楽学校の教授、指揮者、音楽評論家の仕事から徐々に遠ざかっていくことになる。クララはそんなシューマンを励まし、名曲を生み出させた。もちろん自身も演奏家としてリストと並び称される一流のピアニストであり続けた。この原田光子さんの評伝を読んで、アユミさんが身を乗り出して耳を傾けるような話題を見つけることができるんだろうか。ベンジャミンさんもアユミさんと一緒に演奏したいと言っていたし、アユミさんとぼくとの間の壁がなくなれば、世界が大きく広がるような気がする。家族のため、友人のため、そして自分の有意義な人生のため、挫けないで頑張るとしよう〉

45

小川が帰宅すると、秋子と深美が夕飯の支度をしていた。秋子がみそ汁の入った鍋の蓋をあけると水蒸気が立ち上り、ほのかに味噌の香りが漂った。

「あっ、お父さん、ちょうど良かった。今から夕ご飯よ」

「えっ、こんな遅くまで待っていたの。それに今の時間に帰宅するって、電話も入れていないのによくわかったね」

「それは長い間一緒に生活しているとわかってくるものよ」

「ぼくが今日どんなことをしたか、わかるってこと」

「ええ、だいたいなら」

「……」

「今日はお仕事だったでしょ……。それから早く仕事が終わったら風光書房に行くと言っていた。多分、風光書房でお目当ての原田光子さんの著書を購入できて、その後、名曲喫茶ヴィオロンでシューマンのピアノ協奏曲とライン交響曲を聴きながら、買った本のページをめくっていたんじゃないかしら」

「うーん、お母さんの言うとおりだけど、少し怖い気がするなあ」

「いいえ、そんなことないわ。それに生活のリズムに合わせようとすると、午後十時をまわって帰宅するという翌日に尾を引くような無理はしないものよ。だから午後八時から九時までには帰宅して翌日に備える。特に明日から「ケーゲルシュタット・トリオ」を演奏するための特訓が始まるんだから」

「そうだった。で、ぼくはどうすればいいのかな」

「明日は少し早く昼ご飯を食べて、アンサンブルのメンバーのみんなより少し早く音大に行きましょう。スタジオに案内するから、そこで二時間程、自分なりにアーティキュレーションの練習をしてみて。そのあと私が指導するから、問題点を修正してね。それから明日は、マウスピースとリガチャーとリードだけを持って行ってね」

「わかった。三ヶ月間は一所懸命、中級者のスキルを身につけるようにするよ」

「私も応援するから。明日は一緒に練習しましょ」

「そうか、明日は深美も来るんだね。ありがとう」

「ところで『真実なる女性　クララ・シューマン』って、どんな内容の本なのかしら」

「ざっと目を通しただけだから、大まかなことしか言えないけど……。シューマンは一八一〇年生まれ。終生の友人だったメンデルスゾーンはひとつ年上、親交があったショパンは同い年だった。当時も今と同じで、音楽家として生きていくためには、演奏家、作曲家、音楽学校の先生、音楽評論家として成功しなければならなかった。シューマンは最初ピアニストとしての道を選んだが、指を痛めて諦めざるをえなくなった。文才があったシューマンはライプツィヒで文筆活動をしていたが、クララの父親から離れて生活せざるをえなくなった後は新天地をドレスデンにそのあとデュッセルドルフに求めたが、新参者が入り込む余地はなかった。また音楽の先生や指揮者としても、新天地で受け入れられることはなかった。彼が作曲したピアノ曲や管弦楽曲をクララやメンデルスゾーンが演奏して、シューマンの塞ぎがちになる気持ちをもり立てていたが、四十三才の頃に重篤な精神疾患となり、四十六才で生涯を閉じる。そのシューマンの妻となるクララは、音楽教師フリードリヒ・ヴィークの娘として生まれ、幼い時からピアノの英才教育を受けた。八才の頃に初めての演奏会を開き、終生にわたって名演奏家であり続けた。十六才の頃にシューマンと結婚を前提とした付き合いを始めるが、父親から反対されシューマンは出入りを禁止されてしまう。それから結婚するまでの数年間はふたりの間で恋人同士の熱い心のこもった手紙のやり取りが見られる。この手紙のやりとりがこの評伝の中心をなすもので、音楽家として活躍していることがよくわかり、またふたりの誠実な人柄が偲ばれる。ロマン派という言葉は十九世紀の芸術を語る時によく口にされるが、音楽ではその出所はシューマン夫妻ではないかと思う。実際、彼らの業績は後の音楽家に大きな影響を与えたんだ」

「ふふふ、もうそんなに読んだの」

「いや、これは今まで蓄えた知識だよ。これからこの本を熟読してアユミさんとの接点を探さないといけない……」

「そうね、頑張ってね。そうだ、相川さんから手紙が来てたわ。これ、渡しておくわね」

46

夕食を終えると小川はテレビを見ながら家族と歓談していたが、午後十時になると書斎に引っ込み相川からの手紙を読むことにした。

小川弘士様

夏の強い日差しが照りつけ冷たい緑茶が恋しい季節になりましたが、いかがお過ごしでしょうか。深美ちゃんは帰国し高校生活を、桃香ちゃんは名古屋での生活を新鮮な気持ちで楽しんでおられることと思います。私も帰国し名古屋で職務に当たっておりますが、イギリスにいたころと違って、特に平日の夜は時間を持て余す状態となっています。以前から、私はピアノ演奏をしており、小川さんにも何度か演奏を聴いていただいておりますが、これからはこの名古屋で平日の夜、室内楽の演奏を楽しんでみようと思っています。うまい具合に、ベンジャミンさんもおられることですし、彼の友人のヴァイオリニストやチェリストを紹介してもらえるかもしれません。ベートーヴェンを一通り演奏したら、ロマン派の音楽をやってみたいのですが、特にブラームスのヴァイオリン・ソナタ第一番「雨の歌」やシューベルトの「アルペジオーネ・ソナタ」はぜひともやってみたいと思っています。

桃香ちゃんが大学生になられたら、お相手をお願いするかもしれませんが、今のところは目立たぬように応援することにします。一年後には、小川さん、大川さんと三人で「ケーゲルシュタット・トリオ」をアユミさんの前で演奏するのですから、ベートーヴェンのヴァイオリン・ソナタの練習をするのも決して無駄にはならないでしょう。半年後には三人で練習することになっていますが、その日が待ち遠しいです。大川さんも張り切ってヴィオラを練習されていて、一緒に練習しようかと思いますが、名曲がブラームスのヴィオラ・ソナタくらいしかなく、これは元はと言えば、クラリネット・ソナタなのですから、小川さんと共演する日までの楽しみに取っておいた方がいいと思っています。

相川隆司

〈相川さんはぼくのしてほしいことを自発的にしてくださるのだから、感謝しないといけないな。もし相川さんがいなかったら、深美のロンドンでの活躍も望めなかっただろう。きっと桃香のためにもこれからいろいろしてくださることだろう。では、同封の小説を読むとするか〉

『石山は十分ほど先に出発した俊子の母親を捕らえることができるか不安だったが、リヤカーを引いて五分も走ると、道草をしている俊子の母親に出くわした。母親はコンビニに入って、立ち読みをして外の様子を伺っていた。母親はコンビニから出て来ると石山に言った。「あんたが、いつまで待っても来ーへんから、コンビニに入ったんよ。ここからは、お互い手抜きなしに行こうかいの」「ええ、望むところです。ぼくは負けませんよ」「よーし、わしも負けへんよー」と言いながら、俊子の母親が前後に足を広げながら飛び上がると、レースは再開された。しばらくデッドヒートが繰り返されたが、二十分程すると俊子の母親はへばってきた。「あんたさんが、こんなあほなことに目ぇむいて頑張るとは思わなんだわ。ちょっと、あんたの車に乗っけてくれんかの」そう言って俊子の母親は石山がいいとも言わないうちに、リヤカーに乗り込んだ。そうして残り一キロになると俊子の母親は矢庭に立ち上がると「ああ、そうやった。用事があったんや」と言って、石山にリヤカーから降ろすように言った。「ど、どんな用事なんですか」と石山が尋ねると、「あんたには、関係ないわ」と言って、また自宅へと走り出した。ようやく俊子の母親の計略だったことに気が付いた石山は怒り心頭に発して、ゆでだこのような顔になって俊子の母親の後を追いかけた」

47

小川は相川の手紙を何度も読み返しては、今度相川と再会するのはいつになるのか考えていた。

〈多分、連絡すれば、名古屋から上京していただけるだろうが、やはり今度お会いするまで一所懸命に練習して、三人で一緒にする時には、上達しましたねと言われるくらいになりたいな。大川さんも音楽的な素養があるとはいえ、慣れないヴィオラが弾けるように練習されているだろうし。それでは返事と小説の続きを書くことにしよう〉

相川隆司様

お手紙楽しく読ませていただきました。相川さんのお手紙を読むと未来への明るい展望が開ける気がして、落ち込んだ気持ちも鼓舞されます。というのも、クラリネットを始めた当初から、真剣に取り組まなかったアーティキュレーションをきちんとこなす必要が出てきたので、どうしようかと思っていたからです。またリズム感もないのでこちらも身につけなければなりません。正直言って、今まではクラリネットを好きな時に好きなように吹いてきたのを一年間という限られた期間で技術を身につけ、他の人とアンサンブルが出来るまでレベルアップしようというのですから気合いを入れていかないと駄目だと思っています。ただ幸いにも、家族が応援してくれると言っていますので、早く基礎的な技術を身につけたいと思っています。そうして再会した時には、よく頑張りましたねと褒めていただけるようしたいと思っています。明日から、練習に入ります。私が技術を身につけ、相川さん、大川さんと合奏できるように頑張りますので、今後ともよろしくお願いします。

小川弘士

『ぼくがお尻をもとに戻すや否や、正直人さんは言いました。「よし、じゃあ、このあとスクルージとマーレイの亡霊の対話に入るんだが、まずぼくから台本の案を言ってもいいかな。よし、それじゃあ、素案を言うから意見があったら、言ってほしい。スクルージ、マーレイの順に対話を続けるから。『き、君は誰だ』『わしを忘れたというのか。昔、一緒に仕事をしていたというのに。薄情者め』

「ちょ、ちょっと待ってください」、ぼくは言いました。「ふたりの対話を続けるというのは、正直人さんの案ですが、ぼくはここもモノローグにした方が面白いと思うんです。スクルージに独白をさせて、三人の幽霊が登場するところと最後の章は舞台を利用するんです。そうしないと多分十五分程で終えることはできないと思います。マーレイとの対話のエッセンスをスクルージに語らせて、できるだけここの部分を切り詰めるのがいいと思うんです。こんな風に。わしが家に帰っていつものように白湯のような薄い粥を啜っていると、マーレイのやつ突然現れよった。わしはその風貌にびっくり仰天して言葉を失った。そして身体に巻き付けた鎖をじゃらじゃらいわしながら、威嚇するような声を出しよった。『わしが今晩ここに来たのは、おまえがわしのような運命におちいることを免れる機会と望みがまだあることを教えるためなのだ、わしがわざわざこしらえてやる機会と望みなんだよ』なんて言いよったんじゃ。おまけに、『これから三人の幽霊が現れる。その三人の幽霊がマーレイの踏んだ道を避けるための機会と望みを与えてくれる』と言いよったんじゃが……。ふと気づくと、マーレイは姿を消しとった。といった感じでやるといいと思います」

「なるほど、これはまたプチ文豪くんに、一本取られたな」ぼくは教えてくださいと言っている人の面目をグランドならしのための大きなローラーで押しつぶしている気がして申し訳なかったのですが、さらに続けました。「三人の幽霊が出て来ますが、過去の幽霊と現在の幽霊は舞台の中央にベッドを置いて、スクルージと対話させるとよいと思います。未来の幽霊が現れるシーン以降は舞台を利用しますが、最後の最後は、舞台を目一杯利用して、クラスの人全員で、一九七〇年に上映されたミュージカル映画「クリスマス・キャロル」の最後のシーンをまねて、「サンキュー・ベリマッチ」という曲で、みんなで振り付けを考えて踊ろうかと……」

「なるほど、はじめくんの独創的な発想には脱帽だ。こんな凡人でよかったら、協力させてもらおうと思うが……」『ご協力お願いします。ぼくのはただの思いつきを並べただけです。これを完成させたものにするにはぜひとも、先輩の力が必要です』

ぼくがこのように言うと、一旦ローラーに引かれて紙のようになった正直人さんがもとのかたちに戻って、立ち上がり、腰に手を当てて胸を張っているような気がしました』

48

小川は相川への手紙を書き終えると時計を見た。ちょうど午前零時を指していた。

〈もう日が変わったんだ。今日も「ケーゲルシュタット・トリオ」のための練習をするんだから、もう寝ないと〉

小川はそう思うとすぐに横になった。疲れていたからか、小川は寝返りをしないうちに入眠していた。

夢の世界に小川がやって来ると、ディケンズ先生が遠くから歩いて来るのが見えた。ディケンズ先生は、途中、一度転んだが、ぱんぱんと埃を払いのけると再び小川の方に歩いて来た。ディケンズ先生は、終始笑顔を絶やさず小川を見つめていた。

「やあ、小川君、久しぶりだね。最近、出現の仕方が単調なので、少し工夫してみたんだ」

「転ばれたんで、大丈夫かなと思ったんですが、あれも予定していた行動だったんですね」

「いや、あれは本当に転んだんだ」

「ところで、先生の著作を大分読んだので、そろそろ小説に反映させようと思って……」

「ははは、さっき読ませてもらったが、なかなか面白い発想だと思うよ。でも、私の作品のトランスフォームは中学生の学芸会の台本だけじゃなくてもいいと思うんだ」

「よくわかりませんが」

「幸い、君には音楽をよく知っている友人がたくさんいるじゃないか」

「うーん、さっぱりわからないなあ」

「どうしても、私に言わせたいんだな。君は」

「本当にわからないんですよ」

「よし、じゃあ、言おう。私は、誰かが、『大いなる遺産』をオペラにしてくれないかなーーーーっと思うんだ」

「えーーーーーっ。それは誰がされるんですか」

「もちろん君だよ。台本くらいなら、君でも書けるだろ」

「でも、ぼくは今日から、「ケーゲルシュタット・トリオ」の練習を始めなければなりません。これには家族の命運がかかっているんです」

「なにも今すぐにとは言っていない。私はずっと君の人生の友となるつもりではいるが、最近の君の音楽への傾倒ぶりを見ると、このままでは私は蚊帳の外に置かれるんではないかと思うようになったんだ。そこで思いついたのが、私の作品のオペラ化ということなんだが」

「でも、ぼくは「ケーゲルシュタット・トリオ」をアユミさんの前で演奏しなくちゃならないんです」

「それは安心したまえ。簡単にクリアーできる。秋子さんと深美ちゃんの言いつけを守っていればね」

「そうですか。先生は、もうその後のことを考えておられるんですね」

「そうだよ。歌劇『大いなる遺産』の主役のピップは未定だが、エステラの役はアユミさんがいいと思っているんだ」

「…………」

49

小川は先週と同様に一坪くらいのレッスン室でタンギングの練習をしようとレッスン室のドアを開けたが、すぐ後ろにいた深美も一緒に入って来た。

「ああ、そうだった。今日は、深美が協力してくれるんだったね」

「ええ、協力するわ」

「そうか。で、どんなふうに」

「そうね。ここに楽譜があるんだけど、四小節ずつ、マウスピースにリードとリガチャーだけを付けて吹いてみて。リズムとアーティキュレーションが合格になったら、次に進むのよ」

「なるほど、それをチェックしてくれるわけだ」

「ええ、でもそれだけじゃあ、つまらないと思うから、ご褒美を」

「な、なにかご褒美がもらえるのかな」

「そうね。ご褒美に、ちょうどここにアップライトピアノがあるから、これでお父さんのリクエストに応えることにするわ」

「そうか。ヤル気が出て来たぞ。楽しみだな」

「ふふふ、そう言うと思った。じゃあ、四小節が四回で十六小節の合格をもらったら、希望の曲を弾くことにするわ。お父さん、先にリクエスト曲を聞いておくわ」

「じゃあ、ブラームスのインテルメッツォ　オーパス一一七の一がいいな」

「やっぱり、お父さんの好きな曲はゆったりしたテンポの曲なのね。この曲は、よく弾いてるから、暗譜で弾けるわ。楽譜が必要な時は、借りて来るから」

「それじゃー、お父さんは、深美の生演奏を楽しみにして頑張るよ」

「よかった。お母さんの作戦がうまくいったようだわ」

「えー、なんか言ったかい」

「いいえ、別に。さあ、準備ができたら、始めて」

秋子はアンサンブルの仲間との練習をしていたが、二時間ほどして休憩を取り小川の練習を見に来た。

「どう、おふたりさん。うまく行ってる」

「ああ、深美のご褒美を励みに頑張っているよ。こんなに楽しく練習がやれたのは初めてだよ。先週は孤独に、ぴーぴー鳴らしていただけなのに、今日は合間にぼくの好きな曲が生演奏で聴けるんだから。しかも演奏するのは自分の娘で、しかもその演奏のすばらしさと言ったら……」

「よかったわ。じゃあ、単調な練習もなんとか乗り越えられそうね」

「でも、お父さんは、ピアノの小品のいい曲をたくさん知っているわね。メンデルスゾーンの無言歌集から「甘い思い出」「五月のそよ風」「春の歌」なんかは私も好きだからよく弾くけど、ショパンのマズルカなんかは知らない曲があるから、ちょっと手強いわ」

「ふふふ、深美のおかげでお父さんの上達も早いかもね。じゃあ、ふたりで昼食を食べて来て。帰って来たら、午後六時まで練習してから帰って。私は、八時まで仲間と練習してから帰るわ」

「晩ご飯、カレーライスでいいなら、やっとくけど」

「そうね。お願いしようかしら」

50

小川は一年ぶりの大阪出張で新幹線の車中にいた。新横浜の駅を出発してしばらくすると、聞き覚えのある声が通路側から聞こえて来た。小川が車窓から通路に目を転じるとそこにはベンジャミンがいた。

「オウ　アンタモノットトッタンヤネ。私ハなごやに帰るんヤケド、アンタハ」

「ぼくは大阪出張です。どうです、もうすぐしたら隣の席の人が帰って来られるので、自由席に行きませんか。今の時間なら、二つの席が並んで空いているのを見つけるのは簡単だと思いますから」

「エエヨ。イコイコ」

ふたりが三号車に入るとすぐ、ベンジャミンが二人掛けの席がふたつとも空いているのを見つけた。

「ここにしましょう。名古屋まで一時間余りですけど、久しぶりにふたりだけで話をしましょう」

「ソウヤネ。イツモナラ、アキコさんかアンサンブルのメンバーがおるから、アンサンブルの話ばっかりヤモンね」

「ところでいきなり問題の核心部分に入りますが、アユミさんと一緒に演奏したいという気持ちは今でもお持ちですか」

「…………。われー、なにユートルンジャー。モウイッペンユウテミー。イッテモウタロカ。オノレハ……」

「ど、どうしたんですか。いきなり」

「いやー、私ノ同僚で、河内の人がいて、カレはいつも宴会で「河内のオッサンの唄」を歌うのですが、一度、ホエテミタカッタノデス」

「吠えて、ですか」

「ソウデス。タシカニ、私ハあゆみさんとイッショにベートーヴェンやブラームスのヴァイオリン・ソナタをエンソウしたいのですが、来年ノテンカワケメノ関ヶ原まではガマンしようと思うので、その話はオクラにイレておきましょう」

「確かに仰る通りですね。気をつけます」

「それにアンタとこのアキコさんもミミちゃんもモモカちゃんも知っとることやから、あゆみさんの気持ち次第でハナシは早くまとまるかもしれません」

「アユミさんの気持ち次第？　うちの家族？」

「実は、このハナシは前からアキコさんがユウトッタハナシでな、私モだんだんノリキになっとたんやが……」

「ぼくがアユミさんに挑戦状を突きつけたので、雲散霧消となってしまったと……」

「ソヤナイヨー、中断しとるだけや。決着が着いたら、正式にあゆみさんにモウシイレルつもりナンや」

「でももしぼくが……」

「ホラホラ、そんなヒソウなカオしてんと、もっと明るいハナシをシマショ。どうでっか、小説は書いてハリマッカ。アイカワのハナシやと、大分ジョウタツしとるとキイとるが」

「ええ、小説は相川さんの指導で楽しくやっています」

「ホタラ、アンタ、ミミちゃんが横についてくれとるんやから、くらりねっとの練習も楽しいんとチャウン」

「それはそうも言えますが、まだまだ」

「イヤイヤ、同じコトや。いかに根気よくケイゾクするか。自分のひとりの意志でケイゾクするには、ヤル気を燃焼させせんとアカンのやが、その役割をミミちゃんが引き受けてくれておる。娘さんの応援に応えるためにも、アンタは頑張らなアカン……。てなことをハナシとったら、もうなごやや。また次の日曜日におジャマするから、ヨロシクな。ホナ、さいなら」

51

小川は深美が指導する特訓を楽しんで受けていたが、ある日突然、大川が音大のレッスン室にやって来た。

「やあ、小川さん、お久しぶりです。どうです、順調にいってますか」

「えーっ、大川さん、あなたは名古屋……いや、東京に用事があって来ておられるのですね」

「そうです。でも小川さんがどうしているかも気になって立ち寄ってみました。それと……」

「他にも何かあるのですか」

「いやー、こんな無理なお願いを聞いていただけるはずはないですよね」

「お願いですか。ぼくに」

「ええ、小川さんにです」

「水臭いじゃないですか、ぼくたちふたりのあいだで」

「ふふふ、そのとおりだわ。大川さん、遠慮しないで、小川さんに言ったら」

「わかりました。実は、私は音楽の編曲の仕事を主にしてきましたが、今度、オペラを作曲してみたいと思っているんですよ、ははは」

「オペラ……ですか。うーん、何かひっかかるものが……」

「お父さん、どうしたの。不都合なことがあるの。大川さん、今すぐに台本がほしいっていうわけじゃないでしょ」

「もちろんですよ。そう、三年後くらいかな。それより私の希望を受け入れられるかどうかが問題です」

「ど、どんなです」

「私は小川さんの影響を受けて、今ではすっかりディケンズのファンになったのですが、なかんづく『大いなる遺産』という小説は……」

「そ、それをオペラにしようと考えておられるのですか。そういえば、ディケンズ先生がこの前その話をされていたな」

「ええ、今、私の創作意欲も湧き出る泉のようになっていますので、良い作品が出来るのではないかと。まず、日本語で小川さんに台本を作ってもらって、うまくいけば、知り合いのイギリス人に英語に翻訳してもらおうと考えています。もちろんすべての場面が盛り込めればよいのですが、難しいでしょう。後半の六つくらいの印象的な場面をまず選んで、次に配役、内容を決めていくという段取りでいかがでしょうか」

「それで、いつまでに台本を作ればよいのですか」

「いえいえ、まずはどの場面を選んで、どういった内容にするか。まあラフスケッチのようなものを出してもらえば、いいですよ。もちろん、われわれの演奏をアユミの前で、披露した後で結構です。そうだなー。今から、一年半後くらいでいいですよ」

「なら、オーケーです。お受けしましょう」

大川が、ありがとうございますと言って小川の右手を両手で握り上下に動かしていると、秋子がレッスン室に入って来た。

「大川さん、うまくいったようですね。私も楽しみにしています」

「秋子さん……。そうか、みんなが期待しているんだったら、良いところみせなきゃいけないな、ねえ、深美」

「そうよ、みんな楽しみにしているんだから」

52

大川からオペラの台本の作成依頼を受けた日の夜、小川は早くに夕食を済ますと書斎に籠り、机の上に白紙のA４のコピー用紙を広げた。

〈ぼくは日記をつけないから、行き当たりばったりの人生を生きてきたのかもしれない。でもぼくなりに頑張って、周囲の期待に添えるようにしてきたつもりだ。家族と会社は生きて行く糧なんだから、これからも大切にしていかなくてはならない。そしてディケンズ先生も。他方、ぼくには大切にしていかなくてはならない友人がいる。大川さん、相川さん、アユミさん、ベンジャミンさん、みんな大切な友人だ。ぼくは今、彼らからひとつずつ宿題をもらっている。大川さんからはオペラの台本を、相川さんからは長編小説を、アユミさんからは「ケーゲルシュタット・トリオ」の演奏を、そしてベンジャミンさんからはアユミさんとの共演を。四十代後半になると人間の身体に金属疲労のようなものが起きて生活が制限される場合が多いのだけれど、家族のおかげでなんら不満のない生活を送っている。こんなことをいうのは烏滸がましいことだが、ぼくが書いた小説や大川さんと一緒に作ったオペラが世間に認められて、多くの人の励ましになれば自分を育ててくれたみんなへ感謝の気持ちを届けることになるのではないかと思う。なにより秋子さんのために……。この紙を四人の友人から頼まれたことの覚書にして、必要なことを書いてパンチで閉じておこう。そうだなー、ここには、大川さんから歌劇「大いなる遺産」の台本を依頼される。期限は一年半。そうして無事解決したら、箱に入れて保管することにしよう。たくさん溜まるといいな。あーーーっ、ほっとすると、眠たくなってきた〉

夢の世界に小川がやって来ると、ディケンズ先生が遠くから歩いて来るのが見えた。一緒に誰かいるようだったが、その正体は霧の中で、霞んではっきり見えなかった。

「先生、そちらにおられる方はどなたですか」

「今度、君が私の小説をオペラにしてくれるわけだが、そのヒントをひとつ授けようと思ってね」

「そうですか。台本を書く上で何か重要なことを教えていただけるのですね」

「そうだ。それでちょっとこの人に来てもらったんだ。見ていなさい。じきに霧が晴れるから」

「おおー、アユミさんじゃないですか。なぜ、あなたが夢の世界に……」

「まあまあ、話がややこしくなるから、簡単に言うが、実在している人物との会話は夢の中では御法度になっているんだ。だからわれわれの会話には加わらず、そこのベンチに腰掛けていてもらおう」

「あっ、ほんとだ先生が言われた通りにベンチに行って腰掛けられた。ところでどうしてアユミさんを……」

「創作をして行く上でモデルというのは大切なんだ。ある人のことを頭に描きながら人物を描写するとリアリティが出て来る。ここにいるアユミさんをモデルにして台本の中の人物を描くと面白いと思うんだ」

「?‥?‥?‥?」

「実は君が相川に送っている小説をずっと読ませてもらっているが、主人公の少年と正直人の人物描写が物足りないと思っていた。今度はオペラの台本を作るわけだが、やはり際立った人物が少しは登場しないと視覚や情緒に訴える舞台での芸術は盛り上がらないだろう。そこでこの人をモデルにして……」

「で、だ、誰がよろしいのでしょうか」

「最終的な判断は君に任すが、『大いなる遺産』には三人の個性ある女性が登場する。ジョーの奥さんでピップを育てたおばさん、マライアか、エステラの育ての親、ミス・ハヴィシャムか、ヒロインのエステラか、他にも後にジョーと結婚するビディがいるが」

「先生、ぼくはミス・ハヴィシャムは高齢過ぎて、アユミさんには無理かと思います。そうなると……」

「小川君、君はアユミさんにマライアをさせようというのか。それは明らかに間違っている。アユミさんをモデルとしてエステラを描くんだ」

「…………」

53

ディケンズ先生からヒントを与えてもらった次の日、小川はどうしてもある曲が聴きたくなり、名曲喫茶ヴィオロンを訪れた。

〈確か、ブラームスは六十才の頃になるとめっきり創作意欲が衰えたが、クラリネット奏者のミュールフェルトのクラリネットの音色に魅せられ、クラリネット三重奏曲、クラリネット五重奏曲、二曲のクラリネット・ソナタを作曲したのだった。言わば、ミュールフェルトのクラリネットのやさしい音色がブラームスの創作意欲をかき立てたのだと言える。少し違うかもしれないが、アユミさんの一挙手一投足がぼくの創作意欲をかき立ててくれる可能性は皆無とは言えないかもしれない。あっ、秋子さん〉

秋子は小川の向かいの席に腰掛けると、微笑んで話し掛けた。

「やっぱり、ここに来てたのね。あっ、この曲をリクエストしたの。ライスターとオピッツのレコードね」

「さすが、自分が演奏する楽器の演奏家については詳しいね。それにしても、いい演奏だな」

「小川さん、この前、大川さんから台本を書いてほしいと言われていたけど……」

「まだまだ先のことだから、先に解決しなければならない問題を解決してからと思うんだ。だからアユミさんの前で「ケーゲルシュタット・トリオ」を演奏してからと思っている」

「まさかそれが終わるまで、まったく手掛けないということはないでしょう」

「でもひとつひとつきちんとやっていくということも大切じゃないかな」

「ふふふ、もちろんきちんと仕上げるのも大切だけれど、いくつかのことを平行してやって行くとお互いが影響し合って、ただ一つの作品を仕上げるのとは違った、思いがけない効果を生むことがあるのよ」

「よくわからないなあ。例えば、相川さんからの宿題である長編小説、大川さんからの宿題であるオペラ、アユミさんからの宿題である室内楽演奏のこの三つが相互に関連があるというのかな」

「そうね、イメージとしては、小説だけだと一本の糸に過ぎないけど、小説、台本、音楽の三本の太い縄のようなものが編み合わされると、途切れることなく一生の間創作の泉を尽きさせないようになると思うの。私、小川さんに勧められて、ガイリンガーが書いた『ブラームス』を読んだけど、ブラームスは多くの友人の援助を得て、すばらしい作品を送り出した作曲家だと思うの。孤独にひとり机に座って黙々と小説を書いているだけでは、いつかは行き詰まってしまう。たくさんの友人を作って並行して協力して同時にいくつかの作品を作っていくことは、もちろん作品を充実させる大きな力になる。それからひとりぼっちで頑張るよりずっと……」

「それにぼくには大きな力になってくれる家族がいるし」

「そう言ってくれると本当にうれしいわ。帰ってから、深美に言っとくわ。ところでさっきの話に戻るけど」

「みんなが協力してくれるから、できるだけ早く、歌劇「大いなる遺産」の台本を作り始めたらということ?」

「ええ」

「そのことなら、さっそくディケンズ先生からご指導をいただいている」

「どんなこと」

「アユミさんをイメージして、エステラを描けと言われるんだ」

「まあ、面白い」

54

久しぶりに土曜日にたっぷり時間が取れることになり、小川は朝早くにいつもの喫茶店に来ていた。

〈今日はまず、昨日届いた相川さんからの手紙を読んで、返事を書くことにしよう。それが終わったら、歌劇「大いなる遺産」のことを考えるとしよう。夕方までに終わったら、風光書房に久しぶりに行ってみよう。さて、相川さん、どんなことを書いているのかな〉

小川弘士様

今年は秋の訪れが早く、朝晩は寒いくらいの日が続いていますが、おかわりないですか。私も名古屋で勤務して半年経ち、すっかり名古屋弁に馴染んで、うちの奥さんに、どえりゃーとか、そら知っとるだがやとか、こんばん栄に行こまいかなどと言って、楽しくやっています。桃香ちゃんも先生がとりあえずひとりになったということで、ベンジャミンさんの指導を受けてめきめき実力を付けています。この前、少し私の伴奏で、ヴァイオリンを演奏してもらったのですが、それはすばらしかったですよ。将来が楽しみですね。ところで小川さん、大川さんから、オペラの台本を作成してほしいと依頼を受けられたのですね。しかも、『大いなる遺産』の台本を。ディケンズのいくつかの作品がミュージカルで取り上げられていますが、まだ、歌劇「大いなる遺産」はなかったような気がします。私も大いに期待していますので、良いものに仕上げてください。私が見させていただいている、（最近は、先を読むのが楽しみになりました）小川さんの小説は、今までくらいのペースで送っていただければうれしいのですが、新しい取り組みが始まったことですし、多少遅れてもかまいません。でもあまり送られて来ない場合には、また手紙を出します。

クラリネットの進捗具合はどうですか。この秋に一度小川さんが練習しているところへ行こうかと思っています。その時に大川さんと三人での練習をいつ、どこでするか決めたいと思います。

相川隆司

〈ピアノ演奏ができる人はいろいろな楽器と共演できるのだから、羨ましいなあ。桃香が喜んでいる表情が思い浮かぶ。ぼくも大川さんのヴィオラと一緒に三人で「ケーゲルシュタットト・トリオ」を早く演奏したいな。でも、その前に基礎的なことをきっちり教わっておこう。それでは、小説の続きを読ましていただこう〉

『石山は怒り心頭の顔をしていたが、冷静だった。このままでは、はるか前方を走る母親を俊子の家に着くまでにとらえることは不可能かと思われた。そこで石山は近くにある公衆電話から、俊子に電話を入れた。「やあ、元気にしているかい。ところで今、家にいるのかな。そう、それはよかった。実は今、君のお母さんとかけっこをしているんだ。これに負けたら、君を諦めろと言われている。何とか沿道でお母さんを呼び止めて、コースを逸らせてほしいんだ」「わかったわ、なんとかやってみるわ」俊子は納屋から自転車を出すと、自転車に乗って駅の方向へ走り出した。三分も走ると母親に出くわした。「俊子。お前、何しとるん。もう会社にいかんと……」「お母さん、大事なことを忘れていたの。実はうちの会社でキャンペーンをしていて、今日はお母さんと会社までジョギングで出社することになってるの」

「ほう」「で、今から一緒に走って会社まで……」「俊子、あんたの考えとることはようわかる。きっと、石山から入れ知恵されたんじゃろ。おお、あんたが引き止めたんで、もうそこまで来とる。そんなことに引っかからへんよーっ」「ああ、お母さん」俊子の母は娘の手を振り切ると飛び上がって足を前後に開き、また走り出した』

55

小川は、相川が書いた小説を読んで何度も笑いそうになったが、必死で堪えた。

〈それにしても、相川さんの小説は面白い。石山、俊子、俊子のお母さんが生き生きと描かれている。状況が逼迫していることが緊張感を生み出し、臨場感を与えているのだろう。ぼくの小説の場合、そういった緊迫感がないから、ディケンズ先生が、モデルを心に置きながら、登場人物の描写をしなさいと言われるのだろう。でも、今からぼくの小説のふたりの登場人物に誰かを当てはめるのはやめておこう。今のぼくはちょっと無理かなと思うから。先生が言われるように、歌劇「大いなる遺産」のエステラはアユミさんをモデルにするけど……。おや〉

何人かの男性が話しながら店内に入って来たので、小川はそちらに目をやり耳を傾けた。その中に以前ディケンズの話をしていたスキンヘッドのタクシー運転手がいた。

「きみたち、久しぶりに聴衆の頭数が揃ったから、ディケンズの小説の講義を始めようと思うんやが……」

「ほんま、われわれがこうして揃うんも久しぶりやなあ。でもな、みんなそれぞれ話題もあることやし……。ところであんた明日は何買うん」

「きみたち、「光陰矢の如し」というやろ、人の一生は短いんや。短い人生やったら、後で後悔せんようなもんにせんとあかんのとちゃう」

「ほら、あんたの言うとおりやが、人が大切にしとるのは何も教養とは限らんやろ、ギャンブルや酒がなによりも好きやという人はわしのまわりにぎょうさんおるで」

「ちゃうちゃう、そらちゃうよー」

「何がちゃうねん。わしが言うとること間違ってるちゅーんやったら、あんたがちゃんと説明しなさい」

「わしは、たまにはディケンズの小説のことに興味を持ってちょうだいちゅーとるんや。研究者の先生みたいに毎日、ディケンズ、ディケンズって言わんでええから、たまには思い出してねちゅーとるんや」

「それでたまに講義をするちゅーわけか」

「そうや。こうしてみんなが揃ったから、わしの話を聞いたってちゅーわけや」

「ははは、そうか、それもそうやな。みんなが集まる貴重な時間はたまには文豪の話もええかもしれんな」

「そうや、人さんの持ってる時間はほんま限られとる。人から話を聞いてそれがためになりそうやったら、耳を傾けるもんや。そうしたら、あんた、まったく新しい世界が広がるかもしれへんよ」

「ちょっと大げさやと思うけど、あんたが言いたいことはようわかった。ここで聞くのはもったいないから、会社の休憩室で聞くことにしようや」

「もちろんええよー。いこいこ」

そう言って、スキンヘッドのタクシー運転手が大手を振って店を出て行くと、その後に同僚が数名続いた。彼らが出て行くと、小川はまわりに誰もいないことをいいことに歌劇の主人公が眼前に人がいるように語りかける、あの感じで語りかけた。

「ディケンズ先生のことを知る人は限られている。でもその小説のすばらしさを一度知ったら、その虜となる人は多いだろう。あの人があアして同僚の人に講義をするように、ぼくは歌劇でディケンズ先生の良さをみんなに知らしめるんだ。あとは、相川さんへの返事を書いてから自宅に帰って考えよう！」

56

小川は、久しぶりに日曜日に会社に出て仕事をしていた。昼まで仕事をしてから、秋子たちが待つ音大に行くつもりだった。

〈明日、出張だから、準備をしておかないと。それから今度の土、日はいよいよクラリネットを吹かしてもらえるということだから、今日は音大で居残り特訓をさせてもらおうかな……、おやっ〉

静かな空間でデスクの電話が鳴り響いたので小川は一瞬驚いたが、すぐに手を伸ばして受話器を取った。

「小川さん、今、話できる」

「ああ、秋子さん、どうしたんだい。この後、音大に行くと言っていたと思うけど」

「急用ができたから、電話したのよ」

「急用って、何かあったの」

「ええ、みんなのお昼ごはんを買って来ると言って、深美が自転車で近くのお弁当屋さんに行く時に……」

「深美に何かあったのか」

「出会い頭に自転車と衝突して、気を失ったの。アンサンブルのメンバーと一緒だったので、その人がすぐに救急車を呼んでくれて、私にも連絡してくれたの。今、病院にいるんだけど」

「で、深美の具合はどうなんだい」

「意識は病院に着くまでに戻ったんだけど、診てくださった先生が、念のため頭部CTを撮っときましょうと言われて、今、CT室に行ってるわ。小澤病院に今いるの。すぐに来られるかしら」

「もちろん、今すぐに」

小川が、小澤病院に行くと待ち合いに秋子が座っていた。小川に気づくと、秋子は小川に駆け寄った。

「深美はどうだい。大丈夫かい」

「ええ、今、診察が終わったところ、CT画像に異常は見られなかったと診察医の先生が言われていた。でも、三日間は万一頭が痛くなったり吐き気がしたら、すぐに脳神経外科のある病院にかかってくださいと言われていた。でも、万一ですからと言われていたわ」

「ところで、深美は」

「意識が戻った後は、何事もなかったみたいよ。ただ……」

「どうしたの」

「ただ、意識を失ってからすぐに夢を見たんだって。人の良さそうな紳士が現れて、お嬢さん、ぼくと一緒に天国に行きませんかと言われたんだって」

「へえ」

「それで、深美は言ったそうよ。お生憎様、私はすることが一杯あるんですから。大学で文学を勉強したら、次は音楽をもっと勉強して、ウィーン・フィルと一緒にブラームスのピアノ協奏曲第二番を演奏するのよって言ったら、その紳士は、これからも頑張ってくださいって言われたそうよ。ああ、深美が戻って来たわ。どう、大丈夫」

「ええ、大丈夫よ。ところでこれからどうしたらいいかしら。私は一応家に帰って安静にしてようと思うんだけど、お父さんとお母さんはどうするの」

「ぼくは、マイ楽器を持って来たから、ちょっと練習したいなあ」

「そうよね、来週から本格的に練習が始まることだしね。あら、先生、どうかしましたか。お父さん、こちら診察していただいた先生よ」

「こちらはあなたのご主人ですか。その鞄にはクラリネットが入っているようですが、クラリネットをされるんですか」

「ええ、でもぼくはキャリア五年です。クラリネットのことは、妻に訊いてください。秋子はキャリア三十年以上です。それにアンサンブルのリーダーもしているんです」

「ほう、それは面白いな」

57

深美を診察した医師は、六十代なかばの男性だった。一七〇センチくらいの痩身の男性だったが、動きが俊敏なので、深美は秋子に、まるでボクサーみたいねと言っていた。その医師は、相好を崩して話し出した。

「私も以前、クラリネットを習っていましてね」

「へえ、そうなんですか。どのくらいですか」

「二年ですね。それから仕事が忙しくなって……。今は息子が院長になったんで、時間はあるんですが、やはり人前で演奏するようになるまでには時間がかかるでしょうし……。私はクラシック音楽が好きで楽器はクラリネットが好きなんですが、自分自身も楽しんで、入院患者さんにも楽しんでいただいて楽しみに待っていただけるのなら、それこそ、一石三鳥でも四鳥にでもなるんじゃないかと思っているんですよ」

「定期コンサートを開催するということですか」

「まあ、最初は、かたちにこだわらずに始めるというのがいいでしょう。ただ、十年後、二十年後に何をしたかというのはわかった方がいいでしょう。そうですね、ＰＲの必要もあるから、ちゃんとしたチラシはあった方がいい」

「先生、それをさせていただけるということですか。でも、この病院には、大きな会議室やホールはないようですが」

「ホールは作ればいいんです。このエントランス・ホールを使うんです。土曜日の午後にホール（会場）を作り、翌朝から楽器の搬入やスピーカーの設置をして、午後から催しを始める。第一回を小川さんのところにお願いしてしばらくは続けていただく、他の演奏団体が希望すれば、出ていただく」

「妻がリーダーのアンサンブルも、正直言って、ホーム・グラウンドをどうしようかと悩んでいたんです」

「小川さん、いや、お父さんの言うとおりだわ、これはまさに、渡りに船だわ」

「実は、私は、アマチュアやセミプロの方がなかなか発表の場がなくて困られているのを知っています。会場を確保できたとしても、どれだけ集客できるか、どうやって告知するか、演目をどうするかなど悩みは尽きません。もし小川さんの催しが定着したら、細かいことには拘らずにやっていただいたらいいのですが、次のことだけは不文律として、お守りください」

「もちろん、機会を与えてくださるのですから、厳守しますよ」

「よろしい。では、順番に言いましょう。まずは病院の建物の中でするコンサートですから、それを常に頭に置いて選曲してください。クラシックの名曲やポピュラーの静かな曲が基本でしょう。それをピアノ、弦楽器、管楽器などで演奏していただくのがよいと思います。第二はもちろん無料ですので、こちらから出演料や交通費などをお支払いすることはありません。また催しで思いがけないことが起こり、損害が発生したとしても自己責任でお願いします。第三はしばらくは小川さんが企画した催しを定期的に行いますので、一ヶ月に一度、一時間くらいの催しができるようにしておいてください。いかがです、賛同していただけますか」

「妻も言いましたが、渡りに舟です。今後のことは、日を改めて妻と詰めていってください」

「いえいえ、それでは駄目です」

「えっ──────」

「ふふふ、そうよ、小川さんが司会をしなきゃー。そうですよね、小澤先生」

「奥さんの言われるとおりです。クラリネットができないんだったら、司会で頑張らないといけません」

「ははは、そ、そうですよね。ぼくは司会で頑張りまーーーーす」

事故に遭った次の日、秋子からの安静にしていたらとの忠告を受け入れ、深美は学校を休んだ。小川がたまたま休みだったので、小川の書斎でクラシック音楽を聴きながら、ディケンズ先生の著作について話をしようということになった。

「お母さんから、しっかり深美のめんどうを見るようにと言われているので、しっかりと役割を果たさせてもらうよ」

「ふふふ、心配しなくていいわよ。私は逃げ出したりはしないから。むしろお父さんがどんなクラシック音楽に興味を持っているかやディケンズ先生の人となりや作品について夕ご飯まで話してくれたら……」

「残念ながら、お昼からは会社の仕事をしないといけないから、申し訳ないけど、午前中だけになるなあ。それに深美も昼からは横にならないと休んだ意味がなくなるだろ」

「わかったわ、じゃあ、さっそく始めるわよ。まずクラシック音楽だけど、お父さんはどんな曲が好き」

「深美が好きな、モーツァルトやベートーヴェンも好きだけれど、ロマン派、シューベルト、シューマン、メンデルスゾーン、ショパン、ブラームスなんかのピアノ曲や管弦楽曲が好きだな。特に今凝っているのは、ショパンかな。今からこれを聴こうと思うんだ」

「あっ、ショパンのバラードね。私もショパンのピアノ曲が大好き。でも独特のリズム感が必要なポロネーズやマズルカの演奏はとても難しいわ」

「超絶技巧は練習で克服できるかもしれないけど、民族固有のリズムというのを身につけるのは難しいのかもしれないね。ちょうどベンさんが炭坑節を理解しにくいように」

「ふふふ、お父さんらしい表現ね。私、大学に入ったら、オール・ショパン・プログラムで演奏会をしようと思うの」

「そうなのかい。でも、そのためにはしっかり勉強しないとだめだぞ。お母さんとお父さんが行っていた大学も結構……」

「ええ、分かっているわ。でも、法学部か文学部か迷っているの」

「それは深美がディケンズ先生の作品をどれだけ掘り下げたいかによると思うな。一般教養として彼の作品に触れるだけなら、文学部でなくてもよいと思うが、原文を読んで混じり気（翻訳はどうしても訳者の価値判断が入るからね）のない著者が発するメッセージを汲み取りたいなら、断然、文学部だと思うよ」

「私もそう思うわ。わかった。ところでお父さんは、正直言って、ディケンズ先生のどの作品が好きなの」

「正直に好き嫌いを言わせてもらうと、好きな作品は『大いなる遺産』『デイヴィッド・コパフィールド』『リトル・ドリット』プラス中編の『クリスマス・キャロル』ということになる。嫌いな作品というとディケンズ先生らしさがない『ハード・タイムズ』ということになるかな。でも『ハード・タイムズ』は学術的には興味深い作品と言われているので、興味があれば深美も読んでみるといい」

「じゃあ、次の質問よ。お父さんは、大学で何を学んだらいいと思っているの」

「逆に訊くけど、深美は何を学びたいんだい」

「イギリス文学」

「よく言われるように、大学は社会に出る前の猶予期間なんだ。その間に知識を身につけるのも大切だが、共通の目標を持つ生涯の友を見つけるというのはもっと大事なことなんだ。私は入学してすぐにディケンズ先生と知り合い親交を深めるにつれて、もっと彼の作品を読みたいと思った。イギリス文学を中心にたくさんの翻訳書を読んだのも、ディケンズ先生をもっと理解したいという気持ちがあったからだと思うよ」

「でも、ディケンズ先生は夢の中でしか会えないから……」

「でも家族を除いては一番影響力のある人というのは事実だよ」

「そうね、そのとおりだわ。私も音楽をもっと理解できるようにと思って日本に戻ってきて大学に行くんだから、まずは協力してくれる人を探さないとね」

「そのとおりだよ」

59

小川は、久しぶりに会社の帰りに風光書房に立ち寄った。客がいなかったので、小川はさっそくカウンターに行き店主に声を掛けた。

「こんにちは」

「やあ、小川さん、珍しいですね。いつもならご自身で店内を見ていくつかの本の購入を決められてから、私のところへ来られるのに。お急ぎなんですか」

「いやあ、したいことはいっぱいあるんですが、家に帰ってすぐにできるものでもないですから。ただ、ディケンズの本を読むために毎朝のように行っていた喫茶店に行けなくなってしまって」

「それはどうしてですか」

「勤務時間が三十分前倒しになったので、二十分余りしかそこにいることができなくなってしまって、その喫茶店に行かなくなってしまったんです。それで読書量がめっきり減ってしまいました。最初は、朝、四時に起きて、午前六時から始まるその店の開店と同時に入ればいいと思っていたんですが、しばしば残業で帰宅が遅くなるので、体力的にそれも難しいかと」

「なるほど、やっぱり腰を落ち着けて読むには五十分くらいは必要でしょうね」

「そうなんです。それで今まで購入した本も余り読めていません。ただ店長さんのお顔を見ると元気が出るので、たまにはここに寄ってみたくなるのです」

「ははは、それはありがとうございます。じゃあ、気軽に読める本を紹介させていただきましょうか」

「ほう、これがその本ですか。昭和十六年？　戦前の本ですか『セバスティアン・バッハ回想記』アンナ・マグダレーナ・バッハ著ですか」

「ええ、でもこれはバッハの奥さんが書いたものではなく、後世に創作されたものです。それでもよくできていて、感動したりもしますから」

「じゃあ、それをいただきます」

「確かに、読書は時間を作らないとできないものですからね。学生時代なら、夜更かしして寝坊するなんてことも可能だったのですが、社会人になり会社で重要な仕事を任されるようになると、本を読んでばかりいるわけにはいかないでしょう。ここは発想の転換をして、また時間が持てることを信じて、読みたい本を買っておかれればいいと思います」

「そうします。でも、勤務前に職場の近くの喫茶店で読むというのは、至福のひとときだったのに。それが失われようとしている……。ぼくのひとつの時代が終わったのかなどと思ったりもします」

「小川さんのお気持ちはよくわかります。でも一番お好きなディケンズの長編はすべて読まれたんですよね」

『ニコラス・ニクルビー』以外は読み終えました。でもそれで終わりというものではないです。西洋文学で読みたいのがたくさんありますし、ディケンズの作品の新訳が出たら読んでみたいし……」

「まあ、焦らず、自分の決めたことをひとつずつきちんとやっていくのがいいでしょう。仕事にしても、家族のことにしても、趣味にしても。それがある程度の高さまでいったら、客観的な評価がなされ、昇進したり、家族から感謝されたり、社会で重視される人物になったりする。それがあるから、人生頑張っていけるんじゃないかな。案外、客観的評価というものは公平で信頼できるもんですよ。ですから、小川さんもいつかは今のときを振り返って、あのとき頑張ったのは無駄じゃあなかったんだと思うようになりますよ」

「そ、そうですよね。ありがとう」

60

小川は、深美の受験に付き添って京都にやって来ていた。宿泊先のホテルに入ると、フロントの近くの喫茶コーナーでコーヒーを注文した。

「深美は何がいい」

「眠れなくなると困るから、オレンジジュースにするわ」

「早いものだね、ロンドンから帰って来て、もう一年になるんだね」

「そうね。でも、決心してよかったわ。私にとってはそれまでと違って、何でも自分で決めることができたから、いろんなことができて高校生活はとても充実していたわ」

「そうか、自由に何でもできたんだ。結局、お父さんたちと同じ法学部への進学を決めたけど、何か理由があるのかな」

「まだ入れたわけじゃないのよ」

「まあ、油断はできないが、先生の話だと国立大にも行けたということだから……」

「お父さんは、家の近くの大学に行ってくれた方が助かったのにと思っているの」

「そりゃー、東京にいてくれた方が安心だが、娘が行きたいという大学に行かせるのは親の務めだからな。ははは」

「お父さんって、本当に良い人だわ」

「そうかな」

「本当なら今はロンドンでスポットライトを浴びて、ベートーヴェンやモーツァルトを弾いていただろうに。わがままを言っても……」

「いやいや、お父さんは、正直なところ、深美の考えはすばらしいと思うよ。音楽だけじゃなく他のことを勉強するのが、演奏をひとまわりもふたまわりも良質なものにするというのは」

「うれしいわ。でも文学じゃないから」

「まさか、深美は法律を学ぶためだけに大学に行くというわけではないだろ」

「じゃあ、訊くけど、お父さんはどんな大学生活だったの。どんなことをすれば充実した大学生活を送れるのか教えてほしいわ」

「まずは四年で卒業するというのが、大切なんだ。制約された時間の中でどれだけのことを身につけられるかというのが。お父さんも学費の半分は自分で稼がなければならなかったので、夏休みはバイトに精を出したよ。深美も少しはやった方がいいかもしれない」

「アルバイトはするつもりよ。で、勉強の方はどうなの」

「お父さんは、法学部に入ったものの法律の文章に馴染めなかった。浪人時代に文庫本でたくさんの文学を読んだからかもしれない。言ってみれば、法文や法律の解説書は実務に使用されるものなので、無駄を省いた、感情が入っていないものなんだ。実務で必要に迫られてからはそのよさがわかってきたが、学生時代は馴染めないものだった。そんな気持ちを持って、大学の講義の初日が終わってから、大学図書館の英文学のコーナーに行くと……」

「ディケンズの『ピクウィック・クラブ』が棚に並んでいた」

「浪人時代に一番面白かった文庫本というのが、ディケンズの『デイヴィッド・コパフィールド』だったものだから、迷わず手に取って閲覧用のテーブルに座りページをめくった」

「疲れていたお父さんは眠ってしまい、その時にディケンズ先生との運命的な出会いがあったというわけね」

「そう、それが一回だけというのなら、よくある話だけれど、お父さんの場合は今でも夢の中でのお付き合いが続いている。そうだ深美も大学で長く付き合いができる友人を見つけるといい」

「私はお友達より彼氏の方がいいわ」

「……」

61

小川は深美の話を聞くと、表情を変えた。それは、いつもの誰に対しても愛想のいい人のそれではなかった。

「お父さん、どうしたの。いつものお父さんの顔じゃないわよ」

「深美、受験の付き添いで来たのに、こんなことを言わなければならないのを許してくれ」

「それ、どういうこと」

「お父さんが若い頃はディケンズ先生との出会いがあったとはいえ、何も目標はなかった。

何とか就職ができたものの、慣れない東京暮らしでホームシックになってしまった。ディケンズ先生の箴言でお母さんとの恋愛が再燃し今があるが、全く先が読めない毎日だった。ただお母さんを幸せにしたいと思って生きて来たんだ」

「……………」

「お父さんがお母さんを大切にし家族を大事にして生きてきたのはなぜだと思う」

「さあ、わからないわ」

「それは自分が叶わなかった夢を子供が叶えるのを見たいからなんだ。お母さんと一緒に将来に大きな夢を実現させる子供を育てることが、自分の人生でしなければならないことと思ってきた。子供が大きな夢を持ち、それを実現させるのを見たいんだよ。それは音楽でなくてもいいんだが、やっぱり深美の場合、ロンドンにたくさんもう一度深美の演奏を聴きたいという人たちがいるんだから、彼らを失望させることがないようにしてほしい」

「でも、お父さんが私に大学に行ってもいいと言ったのは、ただ法律学や文学を学ばせるためだけでなく、友人をたくさん作ることも……」

「そのとおりだよ。深美が言うことを否定しないさ」

「それなら、なぜ今この時にわざわざそのようなことを言うのか、わからないわ」

「時間があれば、文学やお父さんが体験したことや人から聞いた話を例に挙げて説明することもいいのかもしれない。でも今日は余り時間を取ることもできないから、次のことだけを聞いてくれ、そしてそれを受け入れるかどうかは深美の自由だ。いいかい」

「ええ」

「人生というのは長いと思うかい」

「小学生の時からいろいろなことをしてきたので、今までは長かったと思うわ」

「それで、これからはどうなると思う」

「きっと自分がやりたいことを決めて効率的に歩んで行くことだろうから、あっと言う間に時が過ぎるということになるでしょうね」

「そう、深美が言う通りさ、人生はあっと言う間に過ぎていく」

「そんな中で音楽だけでなく、恋愛もしたい」

「そう、そういう器用な人であってくれればいいが、深美はそうではないと思う。それに何より芸術と違って、恋愛は相手がいる。自分の希望通りには動いてくれないだろう。そうして相手のために膨大な時間が流れていく。お父さんがお母さんのような連れ合いに恵まれたのは奇跡としか言いようがないが、それが深美にも可能かということがひとつ。もうひとつは、芸術と恋愛の両立は難しいということなんだ」

「だったら、家庭をちゃんと築いてからピアノの練習を再開すればいいんじゃないのかしら」

「いや、どちらも若い頃にどれだけ打ち込めるか、愛情を注ぎこめるかが重要なんだ。若い頃に基礎的なことをきちんと学び、三十代、四十代に花を開かせるんだ。若い頃に心血を注いで学んだことや日々積み重ねた努力の成果がしばらくして現れてくるんだ。だから深美が芸術のために大学に行くと言うのなら応援させてもらうが……」

「私、実は迷っていたんだけど、お父さんの話で吹っ切れたわ。でも、お母さんがお父さんに出会ったように、私もお父さんのような理解のある人に出会えたら……」

「その時はお父さんも祝福するよ」

62

小川が玄関のチャイムを鳴らそうと手を伸ばすと、深美がその手の上に自分の手を重ねた。

「どうしたんだい」

「ただ、こうしたかっただけ。お父さんへの深い尊敬の気持ちからかしら……」

「まあ、そう言ってくれるのはうれしいが、自分の気持ちがきちんと伝わっていないかもしれないかと思うと面映ゆい気がする。とにかく長い人生を充実させるのは、家族を基本にした、良い人間関係だと思うよ」

「そのとおりだわ」

秋子がドアを開けると小川は笑顔で応えた。

「どうだった」

「まああできたんじゃないかしら」

「これからしばらく東京の大学もいくつか受験するから、そっちも頑張らないと」

「これからしばらくは頑張るけど、お父さんたちが出た大学の合格が決まったら、他に行くつもりはないから」

「まあ、凄い入れ込みようね」


秋子がお茶とお菓子をテーブルに置くと、小川が話し始めた。

「深美も希望していることだし、合格だったら、京都で四年間を過ごすのがいいと思うんだけど」

「ええ、私も賛成だわ」

「気乗りのようだが、不安はないの」

「それはもちろんないとは言えないけど、私の実家も近くにあるし、お父さんが卒業して初めて東京に出てきた時より、戸惑いは少ないんじゃないかしら」

「そうだなあ、二十年以上前のあの頃は関西弁で話すのに勇気がいったし、半年で関西に戻りたくなったよ。ははは」

「私、東京とイギリスしか住んだことがないから、関西弁に興味があるわ。お父さん、関西弁教えてくれはる。お母さん、京都ってええとこどすか」

「なかなかできるじゃない。でも、京都と大阪の言葉は微妙に違うから使い分けは必要かもね」

「派手な大阪弁は京都では使わないからね」

「ふうん、そうなの」


その夜、小川はいつもより早く寝床に入った。眠りにつくと、ディケンズ先生が憂鬱な顔で現れた。

「君とこうして話すのがずいぶん久しぶりな気がするが……」

「いいえ、そんなことはないと思いますよ」

「それは置いておくとして、深美ちゃんが京都で生活を始めたらどうするつもりだい」

「ということは合格できるんですね」

「そりゃー、どこの大学だって優秀な学生は取りたいもんだよ」

「そうか、それではさっそく起きて家族に伝えなくては」

「残念だが、それはご法度だ。合格発表まではらはらしているようなふりをしてくれたまえ。ただ、入学してひとつ困ったことが起こることを君に伝えておこう」

「………」

「トップ合格でしかもイギリスに何年もいて語学が堪能、しかもピアニストとして新進気鋭という人物が大学に入るとどうなるかということなのだが」

「そうなると学校もいろいろやってもらいたいと思うかもしれないですね」

「学校は現役学生の頃は伸び伸びとやってもらえるよう環境を提供するだけさ」

「それじゃあ、何が問題になるんですか」

「君が受験前に深美ちゃんにくぎを刺したように、友人関係、とりわけ男性との友人関係には気を付けないとね。まあ、君が言ったことをしばらくは胸にとどめるだろうが、どうにもならないシチュエーションというのが人生にはあるからね」

「例えば、どんなことがあるのですか」

「そ、それはだな、例えば、ふたりの時に、あなたがいない人生は生きている意味がないなんて言われたら、どうする」

「そ、それはぼくでも困ります」

「でも、この先、君もそんなシチュエーションに出合うかもしれないよ。その時のためにどうしてやり過ごしたり、切り抜けるかを考えておかないと」

「…………」

63

深美の入学手続きを済ませた小川と秋子は、深美の勧めもあったので、ふたりで京都の町を散策することにした。

「どこに行こうか」

「そうね、どこがいいかしら」

しばらくしても秋子から返事がないので、小川は言葉を変えて質問をした。

「京都に来たら、ここは行くことにしているというところがあるのかな」

「小川さんはどうなの」

「ぼくは正直言って、京都の町は限られたところしか知らない。生まれ育ったのは京都に近いけど大阪府内だからね。けれども秋子さんはずっと京都市内に住んでいたんだから、ぼくより京都の町のことはよく知っているんじゃない」

「まあ、通りや町名は知っているかもしれないけど、どこの名曲喫茶がいいとか、どこそこに大きな本屋さんや古書店があるというのは小川さんの方がよく知っているんじゃないかしら。それから素敵な京料理の店とか」

「それだったら、期待に応えられないだろうなあ。というのも名曲喫茶は昔と違って出町柳にある柳月堂だけだし、ぼくがよく行ってた古書店は閉店してしまった。それから学生時代にしか京都で飲んだことがないから、素敵な京料理の店はガイドブックで当たってみるしかない」

「じゃあ、こうしましょう。今からそれぞれひとつだけ京都の行ってみたいところを言ってみることにしましょう。まずは小川さんからどうぞ」

「うーん、迷っちゃうなあ。三月半ばだから、桜にはまだ早いし、北野天満宮や京都府立植物園の梅林はもう時期は過ぎただろう」

「別にお花見に行こうと言っているんではないわ」

「それもそうだな。じゃあ、ぼくが好きな建造物を言うから、そこから選んで」

「わかったわ」

「まずはR大学の近くの金閣寺や龍安寺それから等持院なんてとこはどうだろう」

「そこは何度も友人を案内して行ったことがあるから他がいいわ。そうじゃなくて、京都市民だった私が知らないような、隠れた名所というのがいいわね」

「そうだなー、紅葉で有名な常寂光寺なんていいと思うけど、残念ながらシーズンオフだ。東山の法然院や青蓮院それから永観堂などの佇まいは一見の価値がある。それからぼくの個人的な好みでは大徳寺境内の龍源院や高桐院がいいと思うな。そうだそこには精進料理の店もあるから一石二鳥かもしれない」

「じゃあ、そこに行きましょう」

小川と秋子は食事を終えると、すぐに店を出た。

「もう少しゆっくりすればいいのに、ぼくとしてはもう一杯おいしいお茶をすすってから出たかったなあ……」

「ごめんなさい。明日もアンサンブルの練習があるから、午後七時の新幹線には乗りたいの」

「今から君が行きたいところに行ってからかい」

「実は、深美が合格しますようにと、先月、実家に帰った時に北野天満宮でお願いしたの」

「そのお礼に行きたいんだね」

「そう。その後、上七軒のおせんべい屋さんに行きましょう」

「よし、じゃあ、大徳寺から北野天満宮までは三十分ほどで歩いて行けるから、日向ぼっこがてら歩いて行こうか」

「そうしましょう」

アユミにモーツァルトの「ケーゲルシュタット・トリオ」を演奏すると約束した日から
ちょうど三ヶ月前に、小川は自分がよく利用するスタジオを借りた。

〈今日は大川さんと相川さんと一緒に練習する、最初の日になるわけだから、今までの成果を見て安心してもらわないと。それにしても良き指導者から的確な指導を受けるとどれだけ上達が早いかがよくわかった。転勤先で音楽教室に五年以上通っていたけど、四人の生徒に先生が教えていたので、手取り足取りという訳にはいかなかった。それでも生徒の弱点を見抜いて懇切丁寧な指導をしてくれた。ぼくは音感とリズム感がないから、クラリネットを吹く前に歌ってみなさいと言われ、よく歌わされたものだった。おかげさまで発表会でなんとか無事に演奏することができた。でもやはり秋子さんと深美の指導は格別だ。おかげでなんとかこの難しい曲を通して吹けるようになった。あとは大川さん、相川さんといかに合わせていくかだが……〉

「やあ、小川さん、やはり先に来られていましたね」

「やあ、相川さん、大川さんとご一緒かと思いましたが……。今日はおふたりわざわざ遠くからお越しいただくのですから、それくらいはさせていただきますよ」

「そうですか、ありがとうございます。ご安心ください。大川さんはもうすぐ来ます。実はベンジャミンも一緒に来ています。それから……」

「それからと言うと、もしかして……」

「そうです、アユミさんも来られています」

「えーーーーっ、なんでなんですか。今日はじっくり落ち着いて練習できると思っていたのに」

「まあ、いろんな人にお話を聞き、今日のこの場で多くのことが解決できるんじゃないかと思ったんです。そうそう秋子さんにも連絡してあるので、もうすぐ来られると思います。ほら、来られたでしょ」

「秋子さん、皆さんが来られるんだったら、前もって言ってほしかったなぁ」

「ごめんなさい、内緒にしておいてくださいと大川さんに言われたものだから」

「でも、この部屋はピアノがあるとはいえ、三人入るのがやっとだし」

「ご安心ください。ベンジャミンと秋子さんはぼくたちの練習が終わるまでは部屋の外にいます」

「そうか三人が外にいてくれるんなら、問題はないですね」

「いいえ、アユミはこの部屋に残ります」

「ああ、大川さん、今、着かれたのですね。アユミさんもご一緒ですか。あれっ、アユミさんが残ると言われましたね。……ぼくだけ知らないというのはなんとかならないかな」

「わかりました。私から説明しましょう。実は今からわれわれ三人で「ケーゲルシュタット・トリオ」をアユミさんの前で演奏するのです」

「そんな──、一回も一緒に練習したことがないのに、いきなり本番と言われても困ります」

「いえいえ、普通に練習すればいいのです。秋子さんの話だとクラリネットのパートをひとりで吹くのは及第点と言われてました。すでに小川さんは十分に練習でいい汗をかいているわけですから、お互いに貴重な時間を費やす必要はないかと」

「よくわからないなあ」

「あんた、呑み込みが悪いわね。要は今から二時間三人で音合わせをするのを見て、あなたの技術の習熟度を見せてもらうということよ。そうすれば、三人で演奏会をするように、何度も集まって練習する必要もなくなるでしょ。さあ、私はここで見ているから、さっさと始めて。二時間以内に通して演奏できたら、合格点をあげるわ」

65

小川は予期せぬ展開に最初は戸惑っていたが、三十分ほど大川や相川と一緒に演奏して、友人と音楽での対話を楽しめるようになった。大川がヴィオラで明るい旋律を奏でるとそれに倣って明るい旋律を続けることができたし、相川がピアノをダイナミックに奏でると小川も力強く旋律を歌わせた。小川の演奏はミスも多かったが、聴かせどころも随所にある楽しい演奏だった。二時間三人の演奏を聴いたアユミは、近くのファミリーレストランに行きましょうと言った。六人がテーブルに腰かけるとアユミが話し出した。

「三人ともご苦労様でした。今回は小川さんのクラリネットの演奏を評価するのだけれど、ピアノとヴィオラがよく盛り立てていたわ。だからプラスアルファを加算させてもらうわ。恐らく、クラリネットだけなら及第点ぎりぎりだったでしょうけれど、三人仲良く演奏されたので、楽しく聞かせてもらいました。六十点を合格とするなら、七十三点くらいかしら」

「ありがとうございます。では……」

「ははは、小川さん、そんなに声を震わせて言われなくても。小川さんや秋子さんには言いにくいだろうから、今からぼくがアユミに話しますよ。ベンジャミンさんのこともぼくが話します」

「オオカワ、タノムヨ」

「小川さんがこのモーツァルトの曲の演奏に挑戦したのは、桃香ちゃんが選んだ、ベンジャミンさんの指導を引き続き受けていただきたいからでした。そういうことですから、アユミはこれから桃香ちゃんの指導は控えてください。ただ深美ちゃんが大学を卒業したら、以前のように師弟関係になるのは小川さんも望まれています。こちらはよろしくお願いしますとのことでした。ベンジャミンさんは音大でヴァイオリンを教えておられますが、自分の演奏を聴いてほしいと以前から思われていました。ベンジャミンさんはパートナーつまり一緒に演奏してくれるピアニストのことですが、最近になって偶然出会うことができたと言われています」

「あなた、回りくどいことはやめてちょうだい。桃香ちゃんのことは約束だから守ります。それから、ベンは私と一緒にやりたいと言っているんでしょ」

「ええ、何をやるのと突っ込みを入れたくなりますが、もちろんヴァイオリン・ソナタを一緒にやりたいということです」

「わかりました」

「オオ、私、とてもウレシイデス」

「で、小川、大川、相川トリオはどうなりますか」

「相川さん、それはいくつかのことをやっつけてからになります」

「ということは小説を書くだけではないのですね」

「ええ、『ニコラス・ニクルビー』を最後まで読まないといけないし、大川さんから歌劇「大いなる遺産」の台本を書くように頼まれています。秋子さんも音楽活動を本格的に始めるようになるので、司会など夫としてできることをしないと。それからふたり娘の親として……」

「わかりました。じゃあこれだけお願いしておきましょう。定期的に自作小説を私に送っていただけたら幸いです」

「いろいろしていただいているのに、本当に申し訳ないです」


その夜、小川は心底疲れていたので、寝床に横になるとすぐにディケンズ先生が待つ夢の世界に入って行った。

「やあ、元気かね。モテモテ君じゃなかった、小川君」

「ディケンズ先生、確かにおっしゃる通りで、これだけあちこちで期待されるとどうしたらよいのかと思います」

「確かに君は秋子さん、ふたりの娘さん、大川、相川、ベンジャミンに愛され、頼りにされている。切り売りするわけにいかないから、すべてに応えるのは難しいだろう」

「先生の場合はそれをどのように解決されたのですか」

「ははは、私はその時期をうまく乗り切ったとは言えないだろう。朗読会を始めた頃から、生活が変わり、マイペースで仕事ができなくなった。ストレスが蓄積し体調を壊し、五十七才でこの世を去った。まあ、ここはいかに取捨選択できるか、君の手腕が問われるところだろう。四十代から五十代にかけて大きな山が二つほどやってくる。それをいかに解決するかが、人生の分かれ目となると言えるだろう。いいかい、繰り返し言っておこう、長生きしたいのなら、八方美人にならないことだ。わかったね」

「それはぼくが求めている回答ではありません」

「……」

66

小川はいつも打てば響く太鼓のようにディケンズ先生から回答がすぐに返ってくるのに、今日は違うことに戸惑った。

「ディケンズ先生、これらのことはきっとすぐに回答できるような問題じゃないんでしょうね」

「そうだ、そのとおりだ。細かいことは言いたくないが、四十才を過ぎたあたりから朗読や素人演劇を始めて、人間関係がややこしくなったことは事実なんだ。大切にしていた家族ともうまくいかなくなった。それでも私は小説家としてできる限りのことをしようと、あらん限りの体力と知力を振り絞って頑張ったのだ」

「でもなぜ朗読会をしたり、劇に興味を持たれたのですか。一年か二年に一冊長編小説を書かれれば……」

「それは小説を書く身になってみればわかるだろう。簡単に言えば、創作意欲を呼び起こすものが必要だったのだ。ところで小川君、今日は何年何月何日だったかな」

「二〇〇九年三月二十日ですが……」

「私は一八一二年二月七日生まれなんだが、私の二百才の誕生日まであとどのくらいになるかな」

「三年足らずです」

「よし、まずそのことを記憶に残しておいてもらおうか」

「？？？」

「ところで、小川君は『ニコラス・ニクルビー』を購入できたまではよかったが、まだ上巻しか読んでいない。他にも『ハード・タイムズ』を読んでいない。それでも印象に残っている私の長編小説をいくつかあげることはできるだろう。どうかな」

「どの作品も先生らしい素晴らしい作品だと思いますが、まず先生が最初に出された長編小説『ピクウィック・クラブ』は主人公の描写がすばらしいと思います」

「なるほど」

「第二作の『オリバー・ツイスト』、第三作の『ニコラス・ニクルビー』はそれぞれ救貧院、私立学校の虐待を取り上げて批判し、先生の社会派作家としての地位を確立させた作品と言えます」

「そうか」

「第四作の『骨董屋』は薄幸の少女ネルを描いて、当時のおばさんたちの涙を枯渇させたと言われ、それだけの大衆の心を動かす悲劇を描かれたのだと思っています」

「うんうん」

「第五作の『バーナビー・ラッジ』は障害のある子供とその母親の愛情を描いたじんと心に沁みる作品で、歴史小説の形を取り入れています」

「いい調子だ」

「第六作の『マーティン・チャズルウィット』は先生らしくない中途半端さと不明確なところが多い作品で、私は今でも人には勧めません」

「…………」

「その代わり、同じ年に刊行された中編小説『クリスマス・キャロル』は先生の代表作で、永遠に本好きの少年少女のよき友となることでしょう」

「その通りだ」

「第七作の『ドンビー父子』は主人公のドンビーの性格が暗すぎて、シェイクスピアの悲劇を意識したのかと思いました。もしかしたら先生の意欲作だったのかもしれませんが、私はむしろフローレンスを主人公にした明るい小説にした方がよかったのではと思いました」

「そうか」

「第八作の『デイヴィッド・コパフィールド』は先生の自伝的小説と言われるだけあって、

人物にリアリティがあり、また細部の描写も秀逸です。先生の長編小説の中では『大いなる遺産』と双璧の作品と言えるでしょう」

「ありがとう」

「第九作の『荒涼館』は主人公の心理を詳細に描くために一人称と三人称の章を使い分けた小説で、また推理小説の手法も取り入れられ、文豪として面目躍如の小説だと思います」

「いい感じだ」

「第十作の『ハード・タイムズ』未読なので感想は控えますが、第十一作の『リトル・ドリット』は私が最も好きな先生の作品でこれからも折に触れて読みたいと思っています」

「その調子だ」

「第十二作の『二都物語』はフランス革命を舞台にした歴史絵巻で、そのスケールの大きさと登場人物の多彩さは『戦争と平和』、『レ・ミゼラブル』『モンテ・クリスト伯』と並び称せられると思います」

「すばらしい」

「第十三作の『大いなる遺産』は先生の実質的な最後の作品で、最高の作品だと思います」

「で、第十四作の『我らが共通の友』と未完の『エドウィン・ドルードの謎』はどう思っとるのかね」

「『我らが共通の友』はようやく手に入れた本を大切に読ませていただきましたが、二度目に読んだ時にベラの描写が妙に鼻についてしまって……うまく言えませんが、エスタ・サマーソンやエイミー・ドリットのように好きになれませんでした。またその父親が娘を褒めすぎるのも鼻につきました。どうも登場人物が好きになれず終わってしまった感じです。それから『エドウィン・ドルードの謎』はやはり未完なのでコメントは差し控えさせていただきます」

「そうか、よくわかった。それだけ私の小説を小川君が読み込んでいるというのなら、次のステップに進むのがいいだろう」

「次のステップというと小説を書くことですか、それならもう始めていますが……」

「いやいや、小説を書くのは今まで通り、相川に指導してもらっていいものを作り上げてくれればいいんだ。それから大川から委嘱された歌劇「大いなる遺産」の台本も急がないでいい。次のステップというのは、私のことを研究してみてはということなんだ。大学の先生方が私のことや十九世紀のイギリスのことを調べておられるが、君も私のことを研究してくれれば、読む本の選択肢もぐんと広がるし、今までなかなか夢に出て来られなかった私も出て来られるようになるだろう。話すからには共通の話題があった方がいいからね。興味があるなら、ディケンズ・フェロウシップのホームページを見るといいよ」

「わかりました、そうします」

「それから、さっき言ったように二〇一二年の二月七日は私の二百才の誕生日だ。もし古くからの友人の願いを聞いてもらえるなら、二つのことを叶えてもらえたら……」

「それが小説と歌劇の台本なんですね。いつまでに書けばいいのですか」

「私は今から丸二年の間、二百才の誕生日のために小川君のような友人を訪ねて歩くとしよう。二年たったら、戻ってくるから、それぞれの進捗具合を尋ねるとしよう。その時に小説くらいは完成品を見たいものだ」

「わかりました。それで、いつ出発されるのですか」

「三月末になるだろう」

67

ディケンズ先生と長時間の会話を交わした夜が明けると、小川はいそいそといつもの喫茶店に出かける準備を始めた。

〈長らくなかったが、今日は自由に過ごせる土曜日なんだ。いつもの喫茶店で手紙や小説を書いて、相川さんに送ることにしよう。それから昼過ぎに名曲喫茶ヴィオロンに行ったら、一時帰京されている大川さんとアユミさんに会うだろうから、なんか実のある話ができるように準備しておかないと〉

小川が午前六時過ぎにいつもの喫茶店に着くと、喫茶店のウエイトレスとスキンヘッドのタクシー運転手が言葉を交わしていた。

「真冬の早朝なので、まだお客さん来ないわよ」

「なにゆーとるん。こんな時こそ、電車から降りたらすぐに暖を求めて、タクシーに飛び込むお客さんが多いんや。あー、さぶちゅーてな。ほやから、電車から降りてくる客は少ないかもしれんが、タクシーを利用するお客さんの割合は増えるんやで」

「そーなんや」

小川はいつもの席に腰掛け、まず相川への手紙を書き始めた。

相川隆司様
先日は、貴重な時間を割いていただき本当にありがとうございました。おかげさまで、アユミさんも元の姿に戻られ、私とも気軽に話されるようになりました。桃香も安心してベンジャミンさんの指導を仰げるようになりました。ベンジャミンさんがマンツーマンで桃香を指導しているわけではないので、落ち着いたらベンジャミンさんはアユミさんとヴァイオリン・ソナタの練習を始められることと思います。モーツァルト、ベートーヴェン、ブラームスはもちろん挑戦されることと思いますが、私の好きなフランク、グリーグ、フォーレなどのヴァイオリン・ソナタの演奏もしていただけたらと思っています。

ところで相川さん、大川さんと三人での演奏については、今までの方法を踏襲して、三つの家族による演奏会を不定期に開催するのがよいと思います。と言いましてもいつまでも開催しないのはどうかと思いますので、一年に一度はヴィオロンで演奏会を開催することにしてはどうでしょうか。

小説については、夢の中でわが師が二年以内には小説を完成するようにと希望されたので、それまでに余裕をもって完成できるようにしたいと思います。そういうことですので、今後ともご指導のほどよろしくお願いします。いつもの通り少しですが、小説を書いてみました。まだまだ寒い日が続きますので、どうぞご自愛ください。

小川弘士

『正直人さんは腰に手を当てて中空を見つめてしばらく黙っていましたが、ぼくに視線を戻すとにっこり微笑んで話し始めました。

「プチ文豪くんなんだから、自分の才能が発揮できるところは、自分でした方がいいんじゃないかな。最後のところも曲はそのままでいいとして、歌詞は自分で考えた方がいいよ」

「なるほど、ではそうします。それでは、まとめるとこうなりますね。まずは語りで物語の最初の部分を進める。そうしてスクルージと幽霊との興味深い会話の部分を取り上げて劇を盛り上げていき、最後に「サンキュー、ベリマッチ」の替え歌でみんなで歌い踊り、幕を閉じるということでいいですか」

「そうだね……。うん、そうだこんなこともできたらしたらいいよ」

「それはなんでしょうか」

「昔、ヒッチコックという映画監督がいて、映画の台本なんかも自分で書いていたんだが、この監督が裏方に徹するということは決してなくて、ばんばん表に露出していたんだ。それをプチ文豪の君もすればいいと思うんだが、舞台の反応を汲み取ることもできるし、好きな女の子に舞台から信号を送れば、彼女もいい反応を示してくれると思うし」

「喜んでさせていただきます。ただ、今すぐ、原稿に取り掛かるわけにはいかないので、今度の土曜日までに台本を作成するというのでいいですか」

「いいよ、つきあわせてもらうよ」


その夜、正直人は遅くまで起きていて『クリスマス・キャロル』を読み返していた。ふと時計を見ると午前零時を二十分ほど過ぎていた。何げなくラジオをつけるとポール・モーリアの「蒼いノクターン」がかかっていた。正直人は思った。本当にラジオって、今聴きたい音楽を流してくれるんだな。俺もまだまだ蒼いということがよくわかったよ。明日は休日だから、もう少しプチ文豪君のために頑張るとするか』

68

小川はいつもの喫茶店を出てＪＲ御茶ノ水駅を目指したが、駅前に古書のワゴンが並べてありその中にディケンズの本がまとめて並べてあったので、思わず足を止めてワゴンに置かれてあるディケンズの『荒涼館』を手に取った。

『荒涼館』の青木雄造、小池滋共訳は三種類あって、これは二巻本だったはずだが……」

そう言って小川がワゴンの向かいに目をやると小川と同世代の女性が『荒涼館』の下巻のページをめくっていた。状態が良ければ、購入しようと思った小川は、十分経っても手放そうとしない女性に思い切って声を掛けてみた。

「お楽しみの最中に話をさせてもらってよろしいですか」

「まあ、突然、どうしましょ」

「どうしましょと言われても、困ります」

「困りますと言われますが、あなたは、私に告白したいことがあるんではないんですか」

「ま、まさか。ぼくはあなたが手にしている本に興味があるだけです」

「そ、そうなんですか。ということは、あなたもディケンズ・ファンなんですの」

「そういうことです」

小川が微笑んでディケンズ・ファンであることを表明すると、その同年代の女性も頬を緩ませた。

「で、最初に読まれたのはいつのことですの」

小川は、どの作品が好きかやイギリスに興味があるのかというのではなく、最初に読んだ作品やディケンズの初体験がいつかということを訊いてきたので、これはもしかしてと思い、慎重に言葉を選んで答えた。

「ぼくが初めてディケンズという小説家を知ったのはディケンズ好きの少女から、『クリスマス・キャロル』という面白い映画があると言われて、一緒に見に行ったことからなんです」

「まっ、どうしましょ」

「それからしばらくは学校から一緒に帰ったり、たまに手紙を交換したりしたものでしたが、中学三年の頃に彼女は引っ越してしまい。数回手紙のやり取りをした後で音信不通となってしまいました。でも不思議なことに彼女が愛した文豪ディケンズのことは心にとどまって今でもぼくの心の支えとなっています。というのもぼくより文学的センスがあった彼女は、『クリスマス・キャロル』だけでなく、『大いなる遺産』『二都物語』『オリバー・ツイスト』『デイヴィッド・コパフィールド』の素晴らしさを話してくれたからです。できれば、彼女に会って話したいのですが、今となっては叶わぬ夢です」

「えっ、そ、それは私のことではなくて他の立派な女性のことだと思うわ」

「なんと言われましたか」

「ほほほ、まあ、そんなに真剣になられなくても。ご縁があれば、私たち、再会することもあるでしょう。ところで小川さん、その女性の名前はなんて名前なの」

「なんであなたがぼくの名前を知っているのかわかりませんが、その女性は堀川康実という名前でした」

「や、やっぱり、い、いいえ、あなたって面白い方ね、きっとまたお会いできますね。ほほほ」

「でもどうすれば、あなたにお会いできますか。よろしければ、近くの喫茶店に入りませんか」

「いいえ、それはだめです」

その女性は真っ赤な顔をしてそれだけ話すと、小川に『荒涼館』下巻を渡して、靖国通り方面へと駆けていった。

69

小川が名曲喫茶ヴィオロンの店内に入ろうとすると、後ろから声が聞こえた。

「やあ、小川さん、ぼくも今からなんですが、喫茶店の中で話をすると他のお客さんに迷惑を掛けるので、ここでしばらく話をしてから中に入りませんか」

「ええ、いいですよ。アユミさんはご一緒ではないんですか」

「いえいえ、小川さんとお会いできる機会をみすみす逃すことは小川ファンのアユミにはありえないことです。中にいますよ」

「で、話というのは相川さんと三人でのライヴのことですか」

「もちろんそのことです。相川さんと私は名古屋にいて毎日でも会えるのですが、小川さんは東京ですので、どうしようかと思いまして」

「おふたりと楽しい時間が過ごせるのなら、ぼくも毎日、名古屋に通いたいのですが、そういうわけにはいきません」

「それで、相川さんと話して、今すぐ方針を決めなくてもいいのではということになりました。しばらくは家族と一緒に音楽を楽しみ二、三年してから何かをやろうと相川さんは提案されました。相川さんとアユミとぼくは名古屋でベンジャミンさんと一緒に練習することもできますし、小川さんは秋子さんからご教示いただいてクラリネットの腕を磨くのがいいと思います」

「なるほど、そうして二年後にみんなで集まって大きなことをやろうということですね」

「是非そうしたいと思いますが、みなさんお忙しいですし、夢もお持ちでしょうし」

「わかりました。とりあえずは、秋子さんの指導の元で腕を磨くことにします。それから桃香のことはベンジャミンさんから報告を受けていますが、ベンジャミンさんとアユミさんはどんな具合なんでしょうか」

「ああ、そのことなら、一年間掛けてベートーヴェンのヴァイオリン・ソナタをやってみようということになったみたいです。一年たったら、ベンジャミンさんが教鞭をとられている音大でリサイタルを開くと言っていました。ところで小川さん、歌劇「大いなる遺産」の方は進んでいますか」

「ええ、大川さんからの依頼ですからご期待に沿えるように頑張るつもりです。それでこの宝塚歌劇「大いなる遺産」を参考にしようと思うのですが、どうでしょうか。場面はこれを参考にし、なるべくたくさんオリジナル曲を歌ってもらえるように詞を書くつもりです。あとは情景や心象風景をたくさん描写するつもりですので、そこに心を揺さぶるような音楽を付けていただければ、十分かと思います」

「いいですね。それで頑張ってください。こちらは三年後くらいに完成品をいただければ有難いです」

「じゃあ、そろそろ入りますか。おや、裕美ちゃんと音弥君も一緒なんだな」

小川はアユミに会釈するとスピーカー正面の席に座った。しばらくしてマスターが注文を取りに来たので、ホットコーヒーを注文し、ルービンシュタインのショパンのピアノ協奏曲第一番をリクエストした。

〈ショパンはサロンで独奏曲をじっくり聴かせるピアニストだったので、二十歳の頃にこれだけのオーケストレーションができたかどうか。でも、ピアノが弾く旋律によく寄り添って曲の魅力を高めている。ぼくも秋子さん、深美、桃香、大川さん、アユミさん、相川さん、ベンジャミンさんの音楽活動の手助けが少しでも出来ればいいな。寄り添って曲が引き立ち、感謝されるんなら、ぼくの役目が果たせたと言えるんじゃないかな。あっ、アユミさんがこっちにやってくるぞ〉

「あら、小川さん、秋子と一緒じゃなかったの。あなたも私たちのようになるべく一緒にいた方がいいわよ。魅力的な同じ趣味の異性が現れて、誘惑するということがあるかもしれないから」

「………」

70

小川がアユミの話に興味を示さないのを見ると、アユミの夫は気を利かせた。

「そりゃー、小川さんはアユミが一時ぞっこんに惚れ込んだようにハンサムな男性のカテゴリーに入ると思いますが……ぐえっ」

アユミのパンチが大川の鳩尾に入った。

「あなた、何言ってるの。小川さんは今でも十分、魅力的よ」

「アユミさん、それは褒めすぎです」

「あなた、何を言うの。私が嘘を言っていると言うの」

アユミは立ち上がると小川の胸倉を掴もうとした。

「小川さん、ここは危険です。アユミを押さえておきますので、支払いを済ませて帰ってください。ぐえっ、ぐえっ」

「おふたりともすみません。失礼します」


家のチャイムを鳴らすと、秋子が扉を開けた。

「あら、またアユミさんと何かあったの」

「どうしてそれがわかるの」

「だって、午後五時頃帰ると言っていたのに、一時間も早く帰って来たでしょ。これはヴィオロンでゆっくりできなかったんじゃないかなと思ったの。アユミさんとご主人がさっき家に来て、一時間ほど話して帰ったけど、これからヴィオロンに行くと言われていたし」

「なるほど、秋子さんには隠し事ができないということがはっきりしたから、ひとつ話しておきたいと思うんだ」

「それってもしかして、中学時代とか昔の話なの」

「どうしてわかるの」

「だって、小川さんと大学生の時からいろいろ楽しい話をしてきたけれど、なぜだかわからないけど、小川さんは中学時代の話を全然しなかった」

「その通りだよ。中学時代に付き合っていた女の子の話をしても仕方がないと思っていたし」

「私もそう思うわ。もう過去のことなんだから」

「ぼくもそう思っているんだが……」

「どうしたの」

「その少女が成長してぼくの前に現れたのさ」

「ふふふ、そうなの」

「そうなのって。それだけなの」

「状況はわからないけど、きっとその人も私たちのように家族を持っているでしょうし、家族とうまく行かなくなるようなことはしないと思うわ。それに通りすがりだけなら……」

「いいや、問題なのは彼女とぼくには共通の趣味、いや共通の心の糧があるということなんだ」

「心の糧、それは音楽なのそれとも……」

「そう、ディケンズ先生なんだ」

「わかったわ。じゃあ、何かあったら、すぐに相談してね。秘密にしないでね」

「そのつもりさ」

71

小川は秋子から頼まれたこともあり、三月の半ばに四月から京都で大学生活を始める深美を訪ねた。深美は京都市内にある秋子の実家からR大学に通うことになっているが、待ち合わせは京阪出町柳駅の改札口の前にした。小川がしばらく待つと改札口の向こうに深美の姿が見えた。

「出町柳にやって来たけど、これからどこに行くの」

「ひとつは京都市民の憩いの場と言われる鴨川を一時間ほど散策しながらこれからのことを聞こうかと思う。もうひとつは京都の名曲喫茶柳月堂で最近よく聴くルービンシュタインのブラームスのピアノ協奏曲第一番を聴こうかと思うんだ。付き合ってくれるかな」

「ふふ、大丈夫よ。私、名曲喫茶で私が生まれる前のレコードを聴くのは大好き。でもお父さんの好きなのは、ブラームスのピアノ協奏曲のレコードならバックハウスの二番の方だと思っていたわ」

「そういえば、そのレコードをヴィオロンで深美と一緒によく聴いたね。ところで深美は入学試験に合格してからお母さんの実家にずっといるけど、なにか不自由なことはないかな」

「欲を言えばきりがないから。でもおじいちゃんもおばあちゃんもよくしてくれるし、充実した学生生活が送れそうよ」

「仕送りは十分ではないだろうけど……。アルバイトはどうするの」

「ご心配なく。イギリスに留学経験があるということで塾で雇ってもらえたわ。でも学生生活を楽しみたいから、必要なだけ働いて、勉学と音楽活動、特に音楽活動は最優先させるわ」

「そうか、ところで、ピアノはどうするんだい」

「練習をどこでするかってことね。おばあちゃんは家でしたらって言ったけれど、週一回、アユミ先生の先生のところに通うつもりよ」

「よし、四条大橋に着いたぞ。ここで折り返して、出町柳に戻るとしよう」

「じゃあ、話題を変えて、今度はお父さんのことを何か話して」

「ディケンズ先生との約束で、二年以内に一つ小説を完成させる、二年を目途に歌劇「大いなる遺産」の台本を作るということになったんだ」

「ほんとなの。お父さん、仕事も忙しいのに、そんな時間あるの」

「まあ、小説は時間を掛ければいくらでもいいものができるだろうけれど、ある時点で終わることも必要だろう。ちゃんと終われば、原稿用紙百枚でも立派な小説だよ」

「でも、歌劇「大いなる遺産」の台本の方はそういかないでしょ」

「いやいや、依頼主の大川さんは欲がないから、まずは挿入歌の歌詞を二つほど作ってください と言われている。まずそれを作って次の指示をいただくという感じで進めていく。気の長い作業になるけれど、今すぐ完成する必要はまったくない」

「そうなのね。ようやく出町柳に着いたわ。こうしてぽかぽかお日様に当たりながら、のんびり歩くのもいいわね」

「晴れた日の鴨川べりの景色は申し分ないよ。また来ようか」

「卒業の頃に、もう一度散策しましょ」

「よーし、約束したよ」

72

小川は深美と柳月堂に二時間ほどいて帰途についたが、自宅に着いたのは午後九時を過ぎていた。玄関のチャイムを鳴らすと、秋子が扉を開けた。

「ご苦労様でした。深美、元気にしていた」

「そりゃー、これから楽しい学生生活を謳歌するんだから、張り切っていたよ」

「よかった。晩ご飯は食べたの」

「まだだよ」

「じゃあ、準備するわね。相川さんから手紙が来ていたわ」

「これだね、秋子さんが食事の準備をする間に読もうか」

小川弘士様
梅の頃も過ぎ、今は桃の頃というのでしょうか。でも、家の近くの桃の木の花は散ってしまったので、ソメイヨシノが咲くのが待ち遠しいです。
深美ちゃんが無事、希望の大学に入られたとのこと、これからどのように学生生活、音楽活動をされるか楽しみにされていることと思います。私も微力ではありますが、深美ちゃんの音楽活動や勉学でお役に立てればと思っています。何かありましたら、お気軽にお申しつけください。
ところで先日、大川さんからわれわれ三人の音楽活動についてどうするかということについてご質問いただきました。小川さんは、一年に一度くらいはとお考えのようですが、小川さんだけ東京、大川さんと私が名古屋の現状では小川さんに大きな負担になるでしょうから、二年ほどしてぼつぼつ始めるということにして、小川さんは秋子さんから指導を受けながら、ひとりでクラリネットの練習を続けてください。そうして二、三年後に演奏会を開くことにしましょう。

桃香ちゃんも落ち着いてレッスンが受けられるようになってからは難しい曲にも積極的に取り組まれるようになられ、サラサーテの「ツィゴイネルワイゼン」に挑戦したいと言われていました。私は初演の際には是非私にピアノ伴奏をさせてくださいと桃香ちゃんにお願いしました。

手紙に同封されていた小説を読ませていただきました。これからどうなるか楽しみです。次の小説が届くのが待ち遠しいです。その調子で少しずつ無理のないように小説を書かれればよいと思います。

早春とはいえ、まだまだ朝晩寒い日が続いています。お身体を大切になさってください。

相川隆司
〈いつも通り小説が付いているぞ。しかも二つも。楽しみだな。どれどれ〉

『石山が前方を見ると、俊子と母親が話しているのが見えた。石山は俊子が母親を引き留めている間に追いつき抜き去ろうとしたが、あと百メートルというところで母親が俊子を振り切って走り出した。石山は残りの距離が短く百メートルの距離を追いつくのは難しいと考えた。そこで石山は一計を案じ、母親の大好きな「骨まで愛して」を歌うことにした。骨まで～～のところまで石山が歌うと母親は足を止めて、歌に聞き入った。

「おう、なんちゅうええ歌声なんじゃ。一休みして鑑賞してもええやろ」

石山は「骨まで愛して」を歌いながら走り、母親にあと十メートルのところまで迫ったが、短い曲なので追い抜くことはできなかった。

「しまった。もうワンコーラスあれば、追いつけたのに。い、いや、この奥の手を使おう」

そう言うとすぐにあとのワンコーラスをスキャットで歌い始めた。

しゃばだばー、しゃばだばー、しゃばあだあばーだーーー。

「そんなもんでごまかしてもあかんのよ。お先に」

そう言って、息も絶え絶えの石山の前で、母親は飛び上がって前後に足を開くとウサイン・ボルトのように大股に走り出した』

『石山は有効性の乏しい術策とベタな方法で俊子の母親に追いつこうとしたが、あと十メートルの差を残したままゴールまであと五十メートルのところまで来てしまった。石山が追いつけないと確信した母親は、ゴールの手前で走りながら勝利のポーズを繰り返した。石山がそれを悔しそうな顔で見ると、母親は振り返り意地の悪そうな顔をしてVサインをしてみせた。あと三十メートルになった時に石山は再び悔しそうな顔をして見せたが、同じリアクションをすることに飽きてきた母親は今度は近くの人に頼んで胴上げをしてもらうことにした。うまい具合に三人の大学生がそこを通りかかったので、あんたら頼むから私をここで胴上げしてくれと頼んだ。母親としては二メートルの差で、先にゴールできると考えていたが、運悪くひとりの学生が辞退したので、石山に代わりを頼まざるを得なくなった。すまんのお、あんたも一緒に私を胴上げしてくれやと言ったので仕方なく、石山も二人の大学生と一緒に母親を胴上げした。二人の大学生があと五百円もらえるなら、ビールかけもできますよと言われたので、母親はそれに賛成してコースを外れてどこかに行ってしまった。ビールかけのビールを買いに行ったようだった。石山は途方にくれたが、一応俊子の家の玄関に先に着くことができた。側でそれを見ていた俊子は石山をご苦労様と言って迎えたが、晴れやかな顔ではなかった。不審に思った石山は、なんで喜んでくれないのと俊子に尋ねた。俊子は家から出てきた父親を見ながら、次は第二関門の父親があなたと対決すると言っているわと残念そうに話した』

73

三月末に桃香がベンジャミンと一緒に家に帰ってくることになっていたが、小川は仕事が忙しくその日に休暇を取ることはできなかった。それでも午後七時までには仕事を終えて帰宅することができた。玄関のチャイムを鳴らすと桃香が玄関の扉を開けた。

「お久しぶりです」

「ははは、いろいろ教えてもらって、お行儀もよくなったんだね」

「それからヴァイオリンの腕前も上がったのよ」

「それはよかった。ところでベンジャミン先生はいるのかな。やあ、お元気そうですね」

「オウ、オマエヒサシブリですね。ガンバっとるか。おジョウちゃんはえらいガンバッとるよぉ」

「まあ、奥でお話を聞くことにしましょう。でもなんで今日、突然、来られたんですか。月に一度は妻のアンサンブルの練習の指導に見えられているし、それから桃香と一緒というのも……。もしかしたら、留学ってこと？」

「うん、うん、オガワはいつもカンがにぶいのに今日はサエテマスネ。しばらく預かってみマシタが、ヤッパリ、桃香ちゃんのようなサイノウがある少女はロンドンで修行するのがイチバンです」

「そうですか、名古屋で習い始めた頃から、こうなるんではと思っていましたが……」

「じゃあ、ハナシは早いデスね」

「でも、深美の時はアユミさんと彼女の先生のつてということだったんですが、桃香の場合はどうなりますか」

「当然、今勤務している音大の私の同僚なんかがキョウリョクしてくれるでしょう」

「なるほど、それなら安心ですね。秋子さんはどう思う」

「私も賛成なんだけど……」

「わかっているよ。深美も桃香も家を離れて下宿生活だから、娘がふたりともいなくなって寂しいってことは」

「そうじゃないのよ。私が言いたいのは、深美の時はこちらからあれこれ注文をつけず、結局七年近くロンドンに留学したわけだけど、桃香の場合は三年くらいがいいんじゃないかと思うの。というのも、さっき小川さんが言っていたように、我が子と遠く離れてしまうのが寂しいというのが一番の理由だけれど、日本にはベンジャミンさんが教鞭をとられている音大をはじめ優秀な音楽家を出している音大があるんだから、留学は三年間にしてあとはそちらで学んだ方がいいと思うの」

「そうだなー、その方がいいのかもしれない。桃香はどう思う」

「私、ヴァイオリンがうまくなるなら、どこでもいいわ。こうしてお父さんとお母さんと一緒にいるのも楽しいけど、立派な先生からヴァイオリンのことを習うのも面白いわ」

「ベンジャミンさんはどうですか」

「私には三人の息子がいますが、みんな音楽にそれほど興味を持っていません。コドモの意思を尊重すればよいのでしょうが、中学生に今すぐ将来のことを決めなさいというのは、少しコクというモノデス。アキコが言うように、とりあえず三年というのがいいのかもしれません」

「よし、それじゃあ、まず、桃香に訊くとしよう。三年間はお姉さんと同じようにロンドンで修行するということになるけど、いいかな」

「ええ、いいわよ」

「秋子さんも三年間我慢してほしいけど、どうかな」

「ええ、それくらいなら大丈夫」

「というふうに決まったわけだけれど、深美の時はあれこれ相川さんが面倒を見てくれた。でも桃香の面倒は誰が見てくれるんだろう」

「オガワ、それは心配いりません。相川がまたロンドンで仕事をすると言っています」

「へえ、そんなことができるんですか。有り難いことですね」

「それから私も半年に一回くらいは、様子を見に行きます。イイデスカ」

「ええ、よろしくお願いします。桃香も三年間は一所懸命頑張るんだぞ」

「はーい」

74

小川は、大川から歌劇「大いなる遺産」の台本についてどのような計画があるのか聞かせてほしいと言われていた。それで小川は名古屋から来てくれる大川と待ち合わせることにしたが、ＪＲ御茶ノ水駅の聖橋口の改札をその場所に決めた。小川は約束の十五分前に到着したが、既に大川は来ていた。しかし大川は改札口の近くで小川に背中を向けて、ヒンズースクワットを一所懸命していたので、またズボンを破ってしまっては申し訳ないと思い、大川がスクワットをやめるのを待った。二十分待ってもしゃがむのをやめなかったので、小川はそっと声を掛けた。

「大川さん、遅くなりました」

「ややや、小川さん、今来られたところですか」

「そうですが、まさか、またズボンを破られたのではないでしょうね」

「それは心配ありません」

「じゃあ、どこに行きますか」

「ぼくは最近、ベンジャミンさんと名古屋市内のあちこちに食べに行っているのですが、ほんとにみそかつはおいしいですね。名古屋人が行列の最後尾について一時間でも平気で我慢するという気持ちがわかります。それはさておき、ベンジャミンさんは以前小川さんに案内されて、神田の古書街にあるお蕎麦屋さんに連れて行ってもらい、そこのお蕎麦が非常に美味しかったと言われていました。まずそこに行きたいのですが、如何でしょう」

「そうですね。今なら、お昼を過ぎていますし、混雑していないでしょう」

小川は前と同じ席に座り、店員に声を掛けた。

「大川さんは何にしますか。やはり豪華な天ざるですか。ぼくは関西人ですから、やはりきつねうどんですね。ぼくはきつねうどんで。大川さんは」

「じゃあ、ぼくは小川さんの期待に添うようにします。天ざるをください」

「早速ですが、今日の本題について話したいのですが」

「望むところです。まずどんな内容にするのか、お聞かせください」

「大川さんはお貸ししたCDの宝塚歌劇「大いなる遺産」をお聴きになられましたか」

「ええ、二度ばかり」

「で、どうでした」

「わたしは原作を一度読みましたが、ストーリーのポイントが押さえられていて、しかも最初から最後まで描かれています。オリジナルの曲もたくさん入っているし素晴らしいと思いました。ただここにはジョーが出て来ないのが……」

「そうです、おっしゃる通りで、この歌劇「大いなる遺産」はとてもよくできていますが、少しばかり物足りないところがあります。そこらあたりをぼくは重点的に描いてみたい気がするのです」

「ほう、どんなふうにですか」

「エステラとの恋愛は描きやすいのですが、ぼくはジョーとの友情をじっくりと描いてみたいのです。エステラに好かれたいという一心でピップは一念発起して紳士になれるよう頑張るのですが、その前の幼少期や夢破れた後の心の拠り所と言うのはやはりジョーになると思うのです。ジョーをより際立たせて歌劇を作りたいと思うのです」

「なかなか面白いですが、ジョーの登場が多くなると地味な台本になるかもしれませんね」

「ええ、そこが悩みなんです。原作の一部をデフォルメした歌劇となるかもしれません。それから歌劇の内容を充実させるためにアリアが重要になって来ます。そうだ、ここに歌詞をひとつ用意しています。急ぎませんので、曲をつけていただけますか」

「喜んで、どれどれ拝見しましょう、

ぼくの懐かしいふるさと、明るくおおらかなひと　いつだってぼくを見守ってくれた
幼い日に姉に叱られ途方に暮れたときに　手を差し伸べてくれたのも君だった
豊かな生活に憧れたときにも　心の豊かさは別のところにあると正してくれた
君は口数が少ないけれど、やさしい言葉は心に響く。

でも、君はすばらしい奥さんを見つけたんだね。ぼくもいつかきっと幸せをつかんで、帰ってくるから。

苦しい時には君を思い浮かべるよ。君は掛けがえのない大切なひとだから、

永遠にぼくの心の中にいてほしい。永遠に
うーん、とてもいい感じですね」
「気に入ってもらえてよかったです」
小川がそう言って、前方にある飾り物のテレビに目をやると、画面にディケンズ先生が現れて、にっこりと微笑んだ。

75

小川は、大川と蕎麦を食べた後に大川と一緒に名曲喫茶ヴィオロンを訪れた。大川には久しぶりのヴィオロンだったが、エイドリアン・ボールト指揮のホルストの「惑星」を聴いて、健闘を称えあってから別れた。相川が自宅に来る予定になっていたからだった。玄関のチャイムを鳴らすと秋子が出てきた。

「もう相川さんいらしてるわよ」

「待たせたかな」

「十分ほど前に来られたわ」

リビングに入ると、相川と連れの女性が微笑んだ。

「相川さん、お待たせしてすみませんでした。こちらの方は……」

「失礼、前もって言っておけばよかったかな。実は妻には姉がおりましてね」

「ということは、この方は奥さんのお姉さんですか？」

「そうです、ぼくたちと同様、ディケンズ・ファンなもんですから、以前から紹介したかったのです。でも最近までずっとイギリスにいたので紹介できなかったんです」

「お仕事でですか」

「ええ、そうなんです。一般企業で働いています。ディケンズの一ファンとして文豪を研究しているのです。二十年ずっとイギリスにいたんですが、最近帰国したんですよ」

「どうしましょ」

「そうだ間違いない」

「…………」

「もしかして、この方はなんとか康実と言われるのではないですか」

「小川さん、昔のままなんですから、それを言えばいいのよ」

「…………」

「じゃあ、堀川康実さんですね」

「小川さん、なぜこの人の名前がわかるの」

「わたしから説明した方が、いいかもしれないわ。実は小川さんとわたしが中学校の時に恋人同士だったの」

「？・？・？」

気まずい沈黙が続いたが、秋子が沈黙を破った。

「それでしたら、今はわたしがいます。今すぐお帰り下さい」

「どうしましょ」

「まあまあ、落ち着いてください。ぼくはなんのことだかわかりませんが、小川さん、これはどういうことなんですか」

「秋子さんがクラリネットという楽器を使ってぼくを音楽の世界に導いてくれたように、この方はぼくがまだ中学生だった頃にディケンズという偉大な作家に興味を持たせることで文学への扉をぼくに開いてくれたんです。この方とお会いすることがなかったら、ディケンズ先生にお会いすることもなかったでしょう」

「そうなの、小川さん」

「そうさ、ここからはぼくの憶測に過ぎないけど、相川さんやベンジャミンさんと会うこともなかったと思う」

「ごめんなさい。私、発言に注意しないといけなかったわ」

「私こそ、失礼なことを言いました。申し訳ありませんでした」

「夕飯はすき焼きだったかな。おふたりはすき焼きお好きですか」

「もちろんです」

「ええ、おふたりもゆっくりしていってください」

「そうしましょ」


その夜、小川が眠りにつくとディケンズ先生が現れた。ディケンズ先生は南極大陸で犬橇に乗っている人のような重装備をしていた。

「先生、その格好から推測すると世界中を回られるのですね。まずは南極大陸ですか」

「いやいや、そこまではいかないさ。グリーンランドくらいまでかな」

「暖かいところには行かないのですか」

「そりゃ、暖かいところがいいんだが、いろんな国々をわたしが訪れて、わたしのファンが少しでも増えればと思うんだ」

「どんな方法で先生の本の愛読者を増やされるのですか」

「それは小川君の時と同じようにこれと決めた人の夢に現れて、友人となりわたしの作品を掘り下げてもらって、私の作品に興味を持ってもらうようにするのさ。でもわたしのことを全然知らない人に話しても、徒労に終わってしまう。少なくとも『大いなる遺産』を読んでいてもらわないと、話が先に進まないんだ。前にも言ったが、これから二年ばかり、留守にするよ。自作小説はもちろん、歌劇「大いなる遺産」のことをよろしく頼む」

「わかりました。やはり、先生の作品と言えばまずは『大いなる遺産』ですよね。ぼくもオペラの台本を書いて『大いなる遺産』の普及のために貢献しますよ」

「それじゃあ、縁があったら、また会おう」

そう言うとディケンズ先生は霧の中に消えて行った。

あとがき

『こんにちは、ディケンズ先生』はイギリスの文豪チャールズ・ディケンズが主人公小川の夢の中に登場し、主人公の人生相談に乗ったり、自分の著作について語ったりする小説です。第1巻では、『リトル・ドリット』『荒涼館』『我らが共通の友』などを、第2巻では、『大いなる遺産』『二都物語』を取り上げ、第3巻では、『ドンビー父子』についてディケンズと小川が感想を述べています。そしてこの第4巻では、『クリスマス・キャロル』が少し登場します。ディケンズ先生も引き続き張り切って小川を指導しています。

この第4巻が他の3巻と違うところは、わたしが好きなもう一つのものを大きく取り上げたことです。それはクラシック音楽なのですが、ディケンズの小説と同様にわたしの生活を豊かなものにしてくれています。

わたしがクラシック音楽を聴き始めたのは大学受験に失敗して、予備校に通わず郵便配達をしながら浪人をはじめた頃でした。その後今に至るまで人生のそこここでわたしを励ましてくれたのですが、その最初の頃にFM大阪でミュンシュ指揮パリ管弦楽団のブラームスの交響曲第1番を聴いたことが、わたしがクラシック音楽にのめり込んで行くきっかけとなりました。高校時代から、勉強をする際にはいつもＢＧＭを掛けていましたが、高校時代に夢中になったフォークソングを聴きながら勉強するのは無理だと考え始めていました。それでクラシックとジャズの番組を聴いていたのですが、クラシック音楽の方が勉強しやすく、しかもミュンシュ盤のようなすばらしい演奏も聴くことができるということで、郵便配達で稼いだお金をクラシックのレコード購入につぎ込むようになりました。苦労の末、大学に入学してからも、それから社会人になってからも、クラシック音楽はわたしの生活に潤いを齎してくれました。ディケンズの小説と同様に心から感謝したいところです。

『こんにちは、ディケンズ先生』の中で、クラシックの名曲をたくさん紹介していますが、他にも、名曲喫茶やクラリネットという楽器を紹介したりしています。そしてこの第４巻では、モーツァルトの「ケーゲルシュタット・トリオ」（ピアノ、クラリネットとヴィオラのための三重奏曲）を演奏しようと主人公たちが奮闘することになっています。

わたしはクラリネットを十年以上習っていて、小川のように五年ほどクラリネットを習っただけで、「ケーゲルシュタット・トリオ」を満足に演奏できるとは思っていません。それでも秋子に手取り足取りで指導してもらったり、大川や相川と一緒にひとつのことに取り組んだりするのはとても有意義なことだと思ったので、あえてこのような展開に持っていきました。アユミの演奏に対する評価も甘いかもしれませんが、いろんな人間関係があってその中にいるひとりとして彼女が冷静な判断をしたと考えていただければ納得していただけるかと思います。そういう意味では、アユミも自分勝手でシビアに撃墜することだけを考えているという人間ではないのです。第4巻の結末は、今後も続くようなかたちで終わっています。続編の原稿は今のところゼロですが、あと1巻くらいは5年後に出版できるかもしれません。ユライヤ・ヒープではありませんが、しがないわたしにはそのくらいの出版しかできません（卑下慢になってはいけませんね）。でも皆様方から応援いただければ、出版の時期が早まるかもしれませんし、その続編も出版される可能性は充分にあります。

〈参考文献〉

安藤一郎訳『クリスマス・カロル』（角川文庫　一九五〇年）
田辺洋子訳『ニコラス・ニクルビー』（こびあん書房　二〇〇一年）

著者紹介

船場弘章（せんば ひろあき）

1959年大阪生まれ　立命館大学卒
趣味：写真、音楽鑑賞、クラリネット演奏など

挿絵・カバー画

小澤一雄（おざわ かずお）

1948年東京生まれ
1994年よりozart展を毎年開催
1995年日本漫画家協会賞大賞など受賞多数
2011年から2012年の番組終了時まで、ＮＨＫ・Ｅテレ「Ｎ響アワー」タイトル動画放映される

こんにちは、ディケンズ先生《せんせい》4

2020年3月4日　第1刷発行

著　者　　船場弘章
発行人　　久保田貴幸

発行元　　株式会社 幻冬舎メディアコンサルティング
〒151-0051　東京都渋谷区千駄ヶ谷4-9-7
電話　03-5411-6440（編集）

発売元　　株式会社 幻冬舎
〒151-0051　東京都渋谷区千駄ヶ谷4-9-7
電話　03-5411-6222（営業）

印刷・製本　中央精版印刷株式会社

装　丁　　幻冬舎デザインプロ

検印廃止
©HIROAKI SENBA, GENTOSHA MEDIA CONSULTING 2020
Printed in Japan
ISBN 978-4-344-92750-6 C0093
幻冬舎メディアコンサルティングHP
http://www.gentosha-mc.com/

※落丁本、乱丁本は購入書店を明記のうえ、小社宛にお送りください。
送料小社負担にてお取替えいたします。
※本書の一部あるいは全部を、著作者の承諾を得ずに無断で複写・複製
することは禁じられています。
定価はカバーに表示してあります。